Contents

僕は悪役令嬢の兄で
ヒロインではないんですが！?
7

あとがき
243

僕は悪役令嬢の兄でヒロインではないんですが!?

一、ぼくはれおーね。はあく。

風が吹くたび降ってくる桃色がかった白い花びらの中を、色とりどりのドレスを纏《まと》った少女たちが通り過ぎてゆく。肩の上に落ちてきた花びらをひとひら摘まみ口に含んだら、甘い味を残して消えてしまった。向こうでは桜《さくら》の花びらは花びら、砂糖菓子ではなかったのにと思うレオーネの耳が、鈴の転がるような声を拾う。

「お兄さま」

弾かれたように顔を上げたレオーネは、ふんわりと広がったドレスの裾《すそ》を両手で持ち上げ走ってくる金の少女の姿を認めるなり、満面の笑みを浮かべた。

「フィオリーナ！」

子守り上がりの侍女が最高の仕事をしてくれたのだろう。飾らずとも誰より可愛らしい妹は絶世の美少女へと変貌《へんぼう》を遂《と》げていた。もはや誰も彼女には敵《かな》わない。ミルク色の膚《はだ》はしみ一つなくアラバスターを張ったようだし、ほんのりと桃色を乗せた唇《くちびる》は男なら誰でもキスしたくなるに違いない瑞々《みずみず》しさだ。生き生きと輝く青の双眸《そうぼう》に至ってはどれだけ高価なサファイアより美しい。ハーフアップにされた金髪が緩いウェーブを描き背を覆っているさまはゴージャスの一言だ。

レオーネは思わず妹へと駆け寄ると、ほっそりとした躯《からだ》を抱き上げくるくる回った。学院内でも屈指の身分にあり、美貌でも見事な成績でも紳士らしい振る舞いでも知られるレオーネが妹を相手にした時だけ見せる子供のような姿に、通りがかった令嬢たちがくすくす笑っているけれど構いやしない。

「ああ、僕の可愛いフィオリーナはいつの間にこんなに大きくなったんだろうね。とっても綺麗だ。新しいドレスがこれ以上ないいくらい似合っている」

ひとしきり回って気が済むと、レオーネは妹を地面に下ろして抱き締めた。ほっそりとした躯が今、ちゃんとここにあってあたたかく脈打っているのを己の躯を使って確かめる。

「もう、お兄さまってば。大袈裟《おおげさ》よ」

「大袈裟なものか。僕のフィオリーナときたら儚《はかな》げでたおやかで……まるで妖精の国のお姫さまみたいだ。あの馬鹿王子にはもったいない。――ところであの馬鹿王子はやっぱり？」

声を潜めたレオーネに、フィオリーナは目を伏せた。

「友だちが知らせてくれたわ。ミエーレ男爵令嬢を迎えに現れたって。殿下の婚約者はわたくしなのに」

今日は学院の卒業パーティーだ。パーティーに行くにはパートナーがいる。当然のことながら婚約している者が婚約者以外にエスコートされるのは御法度なので、今日ばかりは学外の者でも学院敷地内に入ることが許される。

迎えにきた男たちが女子寮の前で列を成しているというのに、公爵家令嬢たる妹にパートナーがいないなんて由々しき事態だ。

「僕の可愛いフィオリーナに恥をかかせるとはね……」

レオーネは笑みの下、怒りに胸を震わせた。

レオーネは知っている。これから始まる卒業パーティーで、妹が王子によって婚約を破棄され晒《さら》し者にされた挙《あ》げ句《く》、やってもいない罪で死刑になることを。

でも、もちろん馬鹿王子の好きなようにさせるつもりはない。腕を緩めたレオーネは、一歩下がって手を差し出す。

「ではフィオリーナ、どうか僕の卒業祝いだと思って君をエスコートさせてくれないか？」

フィオリーナは婚約者に袖《そで》にされた惨《みじ》めさなど微塵《みじん》も見せず、女王陛下のように胸を張って受け入れた。

「よくってよ」

預けられたフィオリーナの手は小さく華奢《きやしや》で、小柄なレオーネから見ても子供のもののようだった。

――僕はこの手を、もっと小さくもっとか弱かった頃から知っている。この子は僕の光。間違いなく僕の妹で庇護《ひご》すべき存在だ。誰にも傷つけさせはしない。

ヒールの高い靴を履《は》いたフィオリーナに合わせてゆっくりと、レオーネは歩き始める。

◆　◆　◆

さて、時は十七年ほど巻き戻る。その日、レオーネは新しく与えられたウサギのぬいぐるみの耳を熱心に味見していた。

「まあ、旦那さま！　どうなさいました？」

乳母の声に、キラキラ輝く星を宿した黒い瞳がくりんと動いて部屋に入ってきた人物を捉える。

むぐむぐと耳を食《は》むお口が止まった。

入ってきた人は乳母よりうんと大きい男性だった。掌《てのひら》なんて片手で簡単にレオーネの頭を掴《つか》めそうだし、うなじを覆うほどの長さに伸ばし逆立てた金髪ときたらライオンのよう。瞳は空みたいに青くて綺麗だけど眼光が鋭すぎて、近づいたら食べられてしまいそうな気さえする。

シャツにジレという姿のその人はしばらくの間固まってしまったレオーネと見つめ合った後、ずかずかと近づいてきた。レオーネからウサギを取り上げ放り出そうとして、唾液《だえき》でべたべたなのに気がつき顔を顰《しか》める。

「汚いな。まあ、いい。おまえに妹が産まれた。来い」

ウサギが取られてしまったのが哀しくて、レオーネは顔をくしゃくしゃにした。

「ふえ……っ」

力んだものの、泣き声を上げる前にベビーベッドから抱き上げられてしまう。目をまん丸にし、手足をぴんとさせたまま連れ出された廊下の左手には出てきたのと同じ木色の扉が、右手には透明なものが嵌《は》まった四角い穴が並んでおり、青いものやふわふわ浮かぶ白いもの、揺れる緑のものが見えた。泣くのを忘れて見慣れない風景に見入っていると、男は再び扉を潜ってレオーネに、レオーネのものより何倍も大きい寝床に横たわっている女の人と横でか細い声で啼《な》いているレオーネよりちっちゃい赤ちゃんを見せた。

「レオーネ、この子がフィオリーナ、おまえの妹だ」

レオーネの全身が雷に打たれたかのように硬直する。妹の名を聞いた刹那《せつな》、混沌《こんとん》としていた頭の中が晴れ、それまでなかった記憶が怒濤《どとう》のように流れ込んできたのだ。

――あれ、フィオリーナって、初めてプレイした乙女ゲームの悪役令嬢じゃなかったっけ。卒業パーティーで婚約者の王子さまに断罪される……。

――え、いや、待って。何、これ。何で僕、だっこなんかされてんの？　僕もうオトナ――じゃ、ない……のかな……？

――そうだ、春になったら一歳のお祝いをしようとあの人――多分、乳母？　が言っていた。僕はまだ十ヶ月くらいにしかならない赤ん坊で、多分、この大きな人が僕の父親だ。

――ゲームではビジュアルが出てなかったけど、随分と厳つい上に顔が怖かったんだなあ。

レオーネがプレイしていた『甘い恋を召し上がれ♡』は王侯貴族の子弟が学ぶ王立チョッコラータ学院の高等部にヒロインが入学するところから始まる乙女ゲームだ。孤児だけれど通っていた教会学校で成績優秀だったので特待生として進学を許されたヒロインが学生寮で暮らす五年間、王太子や宰相《さいしょう》の息子、騎士団長の息子といった攻略対象の好感度を上げてゆき、卒業パーティーで射落とした一人と結ばれるというのが基本ストーリーである。

お話には盛り上げ役が必要ということで、ヒロインの前に立ちはだかるのが公爵令嬢のフィオリーナだ。きりりと吊り上がったまなじりを持ち長い金髪をドリルのように巻いた彼女は王子の婚約者であり美人だけれど、両親に溺愛《できあい》されて育ったせいで何でも自分の思う通りになるのが当然だと考えており、気に入らないことがあれば躊躇《ためら》いなく権力にものを言わせる。ヒロインを平民と蔑《さげす》む彼女はどのルートでも悪事を働き、最後には王太子の命令で犯罪者として捕らえられたり、宰相の息子の手回しで修道院に送られたり、腹違いの兄によって公爵家から絶縁されたりする。

——プレイしていた時は何て女だと思っていたけど、赤ちゃん時代の悪役令嬢って滅茶苦茶可愛いな！

白いおくるみの中でうごうごしているのを見ているだけで何かが胸に突き上げてくる。ちっちゃなおてて。ちんまりとした鼻。父親そっくりの空を映したような瞳——。

「あうあうー」

もっと傍《そば》で見たくて手を伸ばしたら、しっかりと抱き直されてしまった。

「暴れるんじゃない。危ないだろう」

壁際に控えていた女性たちが微笑《ほほえ》む。

「旦那さま、レオーネさまはフィオリーナさまにご挨拶《あいさつ》されたいのではありませんか？　きっとおにいさまにおなり遊ばされたことを喜んでいらっしゃるのです」

レオーネはきゅっと下唇を噛んだ。おにいさま……！　何て甘美な響きだろう。

そんなものかと頷いた父親によって、しきりにおくるみを蹴っている妹の傍に下ろされる。おっかなびっくり赤ちゃんの手に触れてみたら偶然かもしれないけれど赤ちゃんの双眸がレオーネを捉え、きゅっと指を握った。

——胸がほわほわする……！

愛しさと切なさに打ち震えていると、使用人らしい女性がレオーネをさっと抱き上げた。

「失礼、レオーネさまがウンチをされているようなので」

「ふえっ⁉」

え？　なんで⁉　踏ん張っていたから⁉　だからって、ウンチしているとは限らなくない⁉　と言いたかったけれど、レオーネはまだ赤ちゃんで喋《しゃべ》れない。そのまま部屋から運び出されてしまう。

まだ妹を見ていたかったのに、使用人はレオーネが本当にウンチをしたかどうか確かめもせず部屋に連れ戻した。乳母にレオーネを突き返すメイドの手つきは、主の子を扱っているんだってわかってる⁉　と問いたくなるほど乱暴だ。そういえば赤子の母親らしき女性もレオーネに笑顔一つ見せなかった。

もしかして僕、嫌われている……？

お尻のにおいを嗅ごうとする乳母の顔を足で押し戻しつつレオーネは蒼褪《あおざ》める。自分のキャラクター設定を思い出したのだ。

＋　＋　＋

泣き喚《わめ》いて抵抗したもののおしめを替えられてしまったレオーネは、しばらくの間死んだ目で天井を眺めていた。

——赤ちゃんだから仕方がないんだけど、つらい。

現実逃避がてら先刻突然思い出した記憶を繰《たぐ》ってみる。別人になってしまったせいかすべてが夢のように遠く、思い出せないことも多いけれど、もう一つの記憶において、レオーネは李家蒼空《りのいえそら》という名の三十路間近の男だった。日本という国の中流家庭に誕生、ごく普通の子供時代を送り、ぱっとしない会社に就職して、誰がしてもいいような仕事をしている、そこら中にいくらでもいる、いてもいなくてもいい人間の一人。唯一他と違ったのは、小説を書いていたことくらいだろうか。といっても、小説家になりたいといった大それた夢を抱いていたわけではなく、ｗｅｂの投稿サイトに投稿して、たまに感想を貰《もら》えれば大満足という程度だったけれども。

長年活動していれば多少は世界が広がるもので、ソラにも感想を貰ったことをきっかけにやりとりをするようになったトモダチが数人いた。そのうちの一人がある日、『乙女ゲームを作りたいので、シナリオを書いてくれないか？』と声を掛けてくる。舞い上がったものの、乙女ゲームをプレイしたことがなかったソラが取りあえずどういうものか知らねばと一本買ってみたのが『甘い恋を召し上がれ♡』だった。資料にするのが目的だったからあらゆるシナリオを踏破したし、チャートまで書き起こした。このゲームについて、ソラは熟知していた――ような気がする。

――僕はやっぱり死んだのかな。

死んだ記憶はない。でも、日本での記憶はどれもひどく遠く、曖昧模糊《あいまいもこ》としているから、忘れてしまっているだけかもしれない。

――僕、忘れっぽいらしいから。

夢という可能性もあるけれど、舐《な》めてかかって現実だったら取り返しがつかない。フィオリーナの兄ってことは、自分も攻略対象だったはずだ。ちなみに『甘い恋を召し上がれ♡』に悪役令嬢の兄が転生者であるなんて設定はない。

レオーネは仰向けだった躯をころんと転がした。俯《うつぶ》せになってはいはいし、すぐ目の前にあった柵に摑まって立ち上がる。

「だあ！　んーう、あー！」

声を上げてみたが、子供部屋はしんと静まりかえったまま、誰も反応してくれない。見回してみると、長い焦げ茶の髪をうなじできつく結び、足首まであるドレスにエプロンを重ねた乳母が部屋の隅、旦那さまが突然入ってきてもすぐには見つからない場所で編み物をしていた。もう一度声を上げてみたけれど、面倒くさそうに一瞥《いちべつ》しただけで無視される。

――おいおい。

仕方なくソラは思いっきり声を張り上げた。

レオーネの記憶によると、主たちは赤ちゃんの泣き声を煩がる。叱責を恐れ飛んできた乳母が含ませようとする乳首から顔を背けると、レオーネはおむつが汚れていないか探ろうとする手を押しやり、ベビーベッドの柵をぺちぺち叩《たた》いた。

「何ですか？　ベッドから下りたいんですか？」

こっくんと顎《あご》が胸につくほど深く頷くと、乳母は変な顔をしたけれど――これまでレオーネに大人の言っていることを理解している様子はなかったから――、泣き喚かれるよりはマシだと思ったのだろう。下ろしてくれた。

「あい、あと」

レオーネはそっくり返るようにして乳母の顔を見上げ、にぱっと笑う。お礼を言っただけなのに乳母はキューピッドに心臓を射貫かれたかのように胸を押さえた。

赤ちゃんの笑顔イズ最強というのはこの世界でも変わらない真理らしい。

気を良くしたレオーネは歩き出そうとしてひっくり返りそうになる。そういえばレオーネはまだ歩けなかった。汚い床に手を突くのは抵抗があったけれど、はいはいで移動して、ぺちぺちと扉を叩き、乳母に開けてもらう。

幸い廊下は掃除が行き届いており綿埃《わたぼこり》も砂もなかった。ところどころに洒落《しゃれ》たソファや花の飾られたキャビネットといった調度類が置かれた幅の広い廊下をレオーネは特に不快な思いをすることなく進んでゆく。

――確か、ここに……。

天使たちに支えられ、花や実をつけた蔦《つた》に縁取られた大きな鏡を発見したレオーネは満面の笑みを浮かべた。さっき父親に連れ出された時にきょろきょろしておいてよかったと思いながら天使の足に摑まり、鏡の中を覗《のぞ》き込む。

「ふわ……」

天使だ。ここにも天使がいる。

ごく普通のモブ顔だった前世の自分とはまるで違い、くりくりとよく動く目は愛くるしいし、ほっぺたなんてもちもちのぷにぷにだ。誰の趣味か熊耳つきのロンパースが実によく似合っている。金髪碧眼《へきがん》の父親や妹と違って髪も瞳も黒いのは、母親に似たからだろう。

――そう。レオーネの母親は死んでしまった。さっき会った女性はフィオリーナの母親だ。

乳母の扱いが雑なのも、だからだった。レオーネは、正妻がなかなか身籠《みご》もらなかったため父親が手を出した――最低だ――侍女から産まれた。侍女とはいえ平民などではなく男爵家の令嬢だったから、正妻の座を巡る泥沼の戦いが繰り広げられることになるかと思いきや、出産と同時に死んでしまう。しかも一ヶ月も経たないうちに正妻の懐妊が判明。この国では女性が爵位を継ぐことが認められているため、レオーネは待望の跡継ぎだったはずなのに大事にされるどころか正妻から敵視され、孤独の中育っていくことになる。

子は親を見て育つ。件《くだん》のゲームでは、レオーネを虐待《ぎゃくたい》する母親を見て育ったフィオリーナもまた兄には何をしてもいい、何ならむしゃくしゃした時には痛めつけても構わないという歪《ゆが》んだ考えを持っており、ヒロインがレオーネルートに入った場合は次期公爵の地位を奪うため、兄を亡き者にしようとする。

酷い家族だ――なんて他人事のように思っている場合ではない。今やこれが自分の家族なのだ。

レオーネはぺたんとお尻を床に落とした。額に可愛い皺を寄せて考え込む。

――僕もゲームの中のレオーネのように虐待されることになるんだろうか。

オープニング画面に出てくるレオーネは影のある美青年だった。幼児期からの虐待のせいか表情がいつも暗く、レオーネルートの終盤に入らないと笑顔一つ見せない。スチルの中には手の甲に焼けた火かき棒を押しつけられた痕が刻まれているものさえあった。

――無理無理無理無理。そんな目には絶対遭いたくない！　じゃあどうすればいい？　――シナリオを改変すればいい。幸いレオーネはまだ一歳だし、とびきり愛くるしい。この容姿を駆使すれば籠《ろう》絡《らく》するのは簡単だ。先刻、笑いかけてみた時の乳母の反応を見ればわかる。

誰だって懐いてくる子は可愛いし、滅多に笑わない気難しい子は可愛くない。ゲームのレオーネは滅多に笑わない気難しい子だったせいで、折角《せっかく》の恵まれた容姿を生かせなかった。レオーネがそうなったのは環境のせい――誰もレオーネを可愛がり笑いかけてくれようとしなかったせいだと思うけれど、今のレオーネはレオーネであってレオーネではない。前世で二十八年生きたソラだ。懐いている演技くらいできるし、簡単には傷つかない。

――まあ、僕もあんまり他人に好かれるような人間じゃなかったけど。レオーネはこの顔だし、にこっとするだけで、人生ハイパーイージーモードだ！

試しににこっとしてみたレオーネは鏡の中の自分の顔に見惚《みほ》れた。

何て可愛いんだろう！

＋　＋　＋

とはいえ、事はなかなか思うように進まなかった。愛くるしい笑顔で籠絡しようにも家族と会う機会がないのだ。レオーネの記憶によると、父親――ノーチェ公爵というのだと随分後になって知った――も義母――グローリア――もほとんど子供部屋に来ない。何かあると呼びつけられるけれど、話をするのは乳母のみ。用件が済むとレオーネはだっこすらされることなく子供部屋へ戻される。父母の無関心さが如実にわかる扱いだけれど、こんな状況に甘んじているわけにはいかない。

お昼寝から目覚めてお乳を貰うと、レオーネはドレスをしっかり握り締めて、乳母が元の椅子に戻って編み物の続きを始めようとするのを阻止《そし》した。

「レオーネさま？」

「うー、お、おーお、おしゃ、おーしゃ」

赤ちゃんで未発達だからか舌も喉《のど》も全然言うことを聞こうとしないけれど、何とかそれらしい言葉を形作る。

「んーんっ、おしゃん、ぽっ。れーお、おしゃん、ぽお……っ」

「お散歩に行きたいんですか？」

「んっ」

レオーネはこっくりと、頭がもげそうなくらい大きく頷いた。

「仕方ありませんねえ」

以前なら聞こえないふりでレオーネを放置していたであろう乳母が、編み物の続きをしたそうな顔をしながらも乳母車を引っ張り出す。泣き喚くのをやめ、折々に笑顔の『ありあと』を振りまいた成果だ。

燦々《さんさん》と光が降り注ぐ庭に出て、花が咲き乱れる遊歩道を進む。乳母は屋根からカーテンのように花蔦を垂らした東屋《あずまや》に行きたかったようだけど、赤ちゃんには大きすぎる石造りのベンチやテーブルより蝶《ちょう》が羽を休めに集まっている水辺の方が倍も魅力的だ。乳母車から降ろされるなりまっしぐらに池へと続く斜面へ向かったレオーネに乳母が悲鳴を上げた。

「ああ、ばっちい！　ばっちいです！　そんなところをはいはいしちゃいけません、綺麗なおべべが台無しです！」

地面を覆う苔《こけ》が冷やっこくて心地いい。一斉に飛び立った蝶が舞うさまときたら夢幻のようだ。

若い肉体のせいか、心が浮き立つ。ハイになってしまって、じっとしていられない。

「ああ、もう！」

レオーネがやわらかく湿った深緑の絨毯《じゅうたん》の上に座り込むと、乳母も片手で長いドレスの裾をたくし上げて斜面を下りてきた。陽射しが強い日だったけれど、水辺は背後の斜面に茂った低木がちょうどいい影を落としてくれており、快適だ。

じっとしているとまた蝶が集まってくる。吸水する蝶をご機嫌で眺めていたら話し声が近づいてきた。手で地面を押して上半身を起こすと、父公爵が義母を伴い東屋に入っていくところが茂み越しに見えた。フィオリーナが入っているのだろう籠《かご》を手に持って。

ああうと意味を成さない赤ちゃんの声が聞こえる。籠を挟んでベンチに腰を下ろした二人は中を覗き込み、愛おしげに何か話し掛けているようだ。レオーネには用がなければ会おうともしないのに。

レオーネはまだ幼い。ソラが目覚める前なら、きっと何とも思わなかっただろう。

でも、今のレオーネの中にはソラがいた。

——レオーネだって家族のはずなのに、何なら実母を失って一番気遣ってもらっていいはずなのに、どうして仲間外れにできるんだろう。

東屋から水辺までは大人の背の高さほどの落差がある上、張り出した花枝という遮蔽物《しゃへいぶつ》もあり、彼らはレオーネに気づいていない。まずは存在を知らしめようと、レオーネは斜面を上り始めた。やわらかな苔の上に紅葉《もみじ》のような手形を刻みながら。

「レオーネさま!?」

乳母の声に義母が気づき、目を吊り上げた。

「ディーナ？　こんなところで何をしているの？」

「レオーネさまとお散歩ですわ、奥さま。いけなかったでしょうか？」

義母がちらりと父公爵へと目を遣《や》る。父公爵は唇を引き結びぺたぺたと東屋の中に入ってきたレオーネを見ていた。

──怒っているのかな?

普通にしていても怒っているように見える人なのでよくわからない。少なくとも歓迎はしていないと思ったのだろう。義母が高圧的な態度に出た。

「いけないに決まっているでしょう。早くどこかへ連れていってちょうだい。フィオリーナに穢《けが》れが移ったらどうするの!」

そういえば、とレオーネは思い出す。レオーネはカラーリングでも貶《おとし》められていた。この国の王族や貴族はほとんどが金髪碧眼で平民も明るい色味の者が多く、黒髪黒瞳は滅多にいないせいか不吉だと言われている。黒髪黒瞳の者が多い異国との交易が始まるとそういった考えは迷信扱いされるようになったけれど、忘れ去られたわけでないのは義母を始めとする人々の態度を見れば明らかだ。レオーネが珍しい黒を纏っているのは実母が異国の血を引いていたからで、不吉でも何でもないのに。

何か言い返してやりたい。でも、まだ舌がうまく動かない。どうにもできないもどかしさに癇《かん》癪《しゃく》を起こしそうになった時、父公爵が腹にずしんと響く太い声を発した。

「グローリア」

義母がびくっとして口を閉じる。

父公爵はまだレオーネを見ていた。

「ディーナ。レオーネをよく可愛がっているようだな」

ディーナが緊張した面持ちで頷く。

「はい。このところレオーネさまは成長著しく、よく笑われるようになりました。お喋りも日々上達していらして、時々びっくりするくらい利発なところを見せられます」

「ほう」

重々しく顎が引かれる。子供が褒められたというのに父公爵はちっとも嬉しそうに見えない。

ディーナもそう思ったのだろう、果敢に切り込む。

「旦那さまもレオーネさまを穢れていると思われますか？」

「いいや」

「でも避けようとされていますよね？」

公爵の頭が僅《わず》かに傾けられた。実際、レオーネが近づくと、公爵は腰を浮かせた。てっきりレオーネを煩わしく思っているのだろうと思っていたのだけれども。

「私がいると、レオーネが泣くからな」

え。

夢を見ているのかと思い、レオーネは目をぱちぱち瞬《しばたた》かせた。

「そんなことは。さっきだってレオーネさまは、自分から旦那さまに近づこうとしていらっしゃいました」

「私がいると気づいていなかったからだろう。私と会うたび、レオーネは泣いている」

そうだったっけとレオーネは記憶を掘り返す。

確かにソラとして目覚める前のレオーネは父公爵と会うと必ず泣いていた。

父公爵が全然会ってくれなかったせいだ。だからレオーネは父公爵の顔を覚えられなかったのだ。

ソラが目覚めるまでレオーネにとって父公爵は、ディーナより遥《はる》かに躯が大きく恐ろしげな、知らないおじさんでしかなかった。

――疎んじているから距離を取っているんだと思っていたけれど……もしかして、この人なりの気遣いだった……？

もし我が子に泣かれたくなくて避けていたのなら。それなら。

レオーネは前進を再開する。

「レ、レオーネ⁉」

「んん」

勇猛な行進に僅かに視線を揺らした公爵の下まで到達すると、レオーネは長靴に掴まって立ち上がり、頭を仰《の》け反《ぞ》らせるようにして遥か高みにある顔を見上げた。にこおっと笑ってみせると、公爵が頬《ほほ》を強張らせる。嬉しいのに感情をどう表現したらいいのかわからないのだ、きっと。

続いてレオーネは籠の縁に手を掛けた。中を覗き込むと、妹がおくるみの中でもそもそしている。

レオーネはそっと妹の手に触れ、大人たちの顔を見上げた。

「ふぃー、かあぃーね？」

一歳児が一度会っただけの妹の顔や名前を覚えているわけがない。だが、幸いなことに大人たちはそんなことに気づかなかった。なぜなら小さき生き物がもっと小さき生き物を愛《め》でるさまは可愛いの極致だからだ。

おまけに。まだ何もわからないだろうフィオリーナがにこおっと笑った。だっこをして欲しいかのようにレオーネに向かって手を伸ばして。

多分、大人たちの誰もこんな風に笑いかけてくれなかったからだろう。胸がぎゅっと、締めつけられるように苦しくなった。

この子、僕が好きなのかな。

フィオリーナのきゃっきゃという笑い声が光の粒のように弾けてレオーネの心を照らし出す。大きくなったら悪役令嬢となり、自分を虐げるようになるとわかっているのに――。

「可愛い……か」

父公爵が右手でフィオリーナを、左手でレオーネの頭をそうっと撫《な》でる。この男は本当に、レオーネが自分を怖がって泣き出すのではないかと心配していたらしい。ゲームの中のレオーネは、ついぞ気づかなかったけれど。

――仕方がない。こんなのわかりっこない。

――僕は所詮《しょせん》他人事だから俯瞰《ふかん》できただけ。

可哀想なレオーネ。

レオーネは躯の向きを変え、父公爵に向かって両手を差し出した。だっこをねだられた大男は一瞬固まったものの、おずおずと抱き上げてくれる。怒ったような顔のままだから別にだっこなんかしたくなかったのではと一瞬疑ったけれど、ぎゅ――――っと抱き締める腕がいつまで経っても緩まない。初めて息子からだっこを求められて感極まっているのだ。

ひらひら、ひらひら。蝶が舞う。この庭に咲いている花はどれもソラが知っていたものより色鮮やかで、現実とは思えないほど美しい。

いい感じのシナリオが書けているようだ。ゲームの中のレオーネを悼《いた》みつつも惨めで淋しい彼の人生と訣別して新しい生を楽しもうとソラは改めて気合を入れる。

「あの、旦那さま？　その、重くありませんか？」

「ん、うむ」

あんまり動かないのでディーナが恐る恐る声を掛けると、公爵はようやくレオーネを下ろしてくれた。目立たないよう控えていた使用人たちが熱いお茶の入ったポットを運んできて、一幅の絵のようなティータイムが始まる。

二、けむし、きらい。

寮と卒業パーティーの会場がある王立チョッコラータ学院本棟を結ぶ小道の左右には見事な桜の古木が並んでいる。ひらひらと甘い花びらが舞う中、兄妹で手を取り合い歩むレオーネたちには無数の視線が浴びせられていた。特に妹の婚約者は王太子のエラルド王子である。フィオリーナを妬《ねた》む女子生徒たちがここぞとばかりにくすくすと笑いさざめく。

「フィオリーナ、ちょっと待ってて、煩い小鳥たちを燃やしてくる」

「お兄さまったら。魔法なんか使ったら、めっ、よ？」

「フィオリーナは可愛い上に優しいね。あの小鳥たちに爪《つめ》の垢《あか》を煎《せん》じて飲ませたいよ」

「もう。そんなことを言うのはお兄さまくらいなものよ？　ほら、王弟殿下がいらっしゃるわ」

混雑する本棟の前庭に一回り近く年上の高貴な方の姿を見つけたレオーネは目を細めた。舞い散る桜の花びらを浴びる王弟殿下があんまり眩《まぶ》しかったからだ。

堂々たる長躯にうなじで結った青みがかった銀の髪が印象的なこの王弟殿下もまたヒロインの攻略対象だった。いわゆる隠しキャラというやつで、全キャラのルートを制覇して初めてシナリオが解放されるから今生《こんじょう》では絶対攻略されることはないけれど、もしヒロインが王弟ルートに入ったら、

後日クーデターを起こして王妃となっていた妹を断頭台に登らせる。

包容力のある穏やかな大人という仮面の下に血族を殺し続けてなお止まらない激情を隠している恐ろしいキャラクターだ。でも、レオーネの知る王弟殿下はただただ優しい人だった。もしこれもまたこの人の被った仮面に過ぎなかったなら——と考え、レオーネはぶるりと震える。

そんなことがあるわけない。

レオーネたちに気がついた王弟殿下が目元を緩める。優しげな顔立ちに浮かべられた甘やかな笑みはレオーネたちへの好意に満ちているようにしか見えない。

「やあ、フィオリーナ。今日は殊に美しいね。レオーネも凛々《りり》しくて見違えたよ。ところでエラルドの姿がないようだが？」

フィオリーナが眉尻《まゆじり》を下げて微笑んだ。

「他の方をエスコートして寮を出たという話ですわ」

「それは……すまない。役目を果たすよう、兄上から釘《くぎ》を刺してもらったんだけどね。お詫びに大広間まで送らせてくれないか？　私が一緒なら、フィオリーナも口さがない連中に煩わされずに済む」

当たり前のように差し出された手に、レオーネは瞬く。

卒業パーティーの開始時間が近づいたことを告げる鐘の音が青空に響き始めた。

◆　◆　◆

フィオリーナが三歳になった翌日、すっかり大きくなった——とは言っても公爵の三分の一もないし、手もほっぺたもぷにぷにだ——レオーネはミルクとたっぷりバターを塗ったパン、それから果物からなる朝食を平らげると、いつものように庭へ散歩に出ようとした。でもあと少しで扉というところで襟首《えりくび》を摑まれぷらーんとぶらさげられてしまう。

「でぃーな？」

「今日はそんな暇はありませんよ、レオーネさま。さあ、おめかししましょう！」

「おめかし？　どうして？」

何が何だかわからないけれどディーナに言われるまま腕を上げたり下げたりする。そうしたら、小さな貴公子が出来上がった。

「か、かあいい……！」

全身が映る大きな鏡——父公爵にねだって子供部屋につけてもらった——に張りつき自画自賛するレオーネに、ディーナが笑う。

「レオーネさまって本当に自分のことが大好きですよね。もしかして、自分が世界で一番可愛いと思っています?」

レオーネはきょとんとした。

確かにレオーネはこの容姿が大好きだ。でも、ナルシストではない。レオーネにとって今世の姿は借り物、前世のモブ顔こそが自分の真の姿だからだ。

「んっとー、せかいでいちばんは、ふぃー。でも、れおもかあいー」

「一番はフィオリーナさまですか。うーん、三歳にして筋金入りのシスコンとは。ナルシストとどっちがマシか、難しいところですね」

「でぃーな、しつれー。れお、なるしすとじゃない。ほんとーのことゆっただけ。じぶんのいーところはちゃんとみとめてあげないといけないんだよ?」

「あら、そうなんですか?」

「うん、そうだ……よ――?」

――ソラ。僕の目を見て。聞いて。ソラにはいいところがいっぱいある。僕が言うんだから間違いない。普段からいいところを数えるようにして、また誰かに傷つけられそうになったら思い出すようにしたらいい。無理なら、僕の言ったことを。他の奴の言葉に耳を貸す必要はない。

ふっと誰かの声が頭の中で蘇《よみがえ》り、レオーネは幼な子らしく躯に対して大きすぎるように思える頭を傾《かし》げた。いつ誰にそんなことを言われたのだろう。思い出せそうな気がしたけれど、記憶は魚のように跳ねて手の中から飛び出していってしまう。どうやら今生でもソラは忘れん坊らしい。

会話の途中で他のことに気を取られ魂がどこかに彷徨《さまよ》い出たようになってしまったレオーネの最

終点検をディーナがてきぱき済ませ抱き上げる。玄関ホールへ出たところでレオーネが再起動した。子供用のドレスに身を包み、きつく巻いた髪を高い位置で結んだ妹が義母と共にいたからだ。

「か、かあいー……！」

ドレスと共布の大きなリボンと生花で飾られた髪は襟足にも届かない長さだけれど、それがまた軽やかで子供らしくていい。おまけにと、レオーネは自分の躯を見下ろす。フィオリーナのドレスは自分のジレやズボンと同じ生地で仕立てられているのではなかろうか。

思わず義母の顔を見上げたらつんとそっぽを向かれてしまったけれど、妹とお揃《そろ》いの服を仕立ててくれたということは、義母も少しはレオーネを可愛いと思うようになってくれたのだ、きっと！

「つんでれ……？　つんでれなの……？」

父公爵がやってくるとレオーネたちは揃って馬車に乗り込んだ。

「ねえ、ふぃー。これからどこへいくか、しってる？」

幼な子で困るのは、事前に事情を説明したり了承を得たりしてもらえないことだ。馬車が動き出すと、レオーネは早速フィオリーナに話し掛けた。一緒にいられる貴重な機会なのだからたくさんお喋りしたいのに、フィオリーナはもじもじして答えてくれない。赤ちゃんの時は懐いてくれたのに、近頃のフィオリーナはレオーネに人見知りするのだ。義母が何か吹き込んでいるのではないかと疑っていたのだけど、お揃いの服を仕立ててくれたということは違ったのだろう。

結局、フィオリーナではなく父公爵が答えをくれた。

「何だ、聞いていないのか。王妃さまのお茶会のため、王宮に行くのだ」

王妃さまのお茶会？

いかな貴族といえど三歳児はお茶会に招かれない。きっと何か特別な用事があるのだ。

——もしかして、婚約絡み？　フィオリーナはまだ三歳なのに？

ゲームに繋《つな》がるイベントが始まったことにレオーネは動揺する。

思ったより展開が早い。幼いからといってのんびりしてはいられないのかもしれない。

チョッコラータ王国の王城は砂糖菓子のような可愛らしさだった。到着したノーチェ公爵家一行は王妃のサロンへと案内される。大人たちは緊張した面持ちで畏《かしこ》まっているけれど、レオーネの目はテーブルの上に用意されたカラフルな菓子に釘づけだ。躯が幼な子であるからか、現在のレオーネは甘味の魅力に抗《あらが》えないのだ。

父公爵が膝《ひざ》を突いたのに気がつき真似したところで、王妃ご一行がサロンに入ってきた。王妃だけではない。王に、やはり三歳になるという話の王子、エラルド、現在十三歳の王弟、ヴィルフレードまで揃っている。

——うわ、きらっきらだあ……。

王妃に手を引かれてきた王子はふわふわのプラチナブロンドに夏の空のように鮮やかな青い目の持ち主だった。ふてぶてしい顔つきにゲームのタイトルスチルにもっとも大きく描かれていた俺さま王子の面影が窺える。

——ん？

王子と目が合う。たまたまかと思いきや、いつまで経っても王子は視線を逸らさない。レオーネが可愛いからだろうか？　でも、それならフィオリーナを見るはずだ、フィオリーナの方が可愛いのだから。

――ということは、不吉だといわれる黒髪黒瞳のせいか。

他人事のように納得すると、レオーネは王妃へと目を向けた。

「非公式の場だから楽にしてちょうだい。今日お茶会を開いたのは正式にエラルドとフィオリーナの間で婚約を結ぶ前に両家の家族で顔合わせをしておきたいと思ったからなの。結婚したら親戚になるのに、顔も見たこともないなんてどうかと思うってヴィルフレードが言いだして、それももっともだと思ったから」

とても十三歳には見えないほど大人びた王弟殿下が王妃に微笑みかけられ、はにかむ。

「誰もが楽しめるよう、子供たちにはお菓子を、大人たちには美酒と軽食を用意したわ。皆、今日は無礼講で楽しんでちょうだい」

「畏《おそ》れ入ります」

父公爵が深々と頭を下げるのを見て、レオーネも真似をする。婚約の前に顔合わせをするなんて、前世の日本みたいだったけれど、婚約に纏わる申し伝えや契約について詰めるという目的もあったらしい。初等部に入ったら毎日王宮に通って王妃教育を受けるようになることや、それまでは毎月子供たちの顔合わせの場を設けること、フィオリーナの警護のために子守りと護衛騎士が王宮から派遣されることが言い渡される。

仮にも公爵家の警備が薄いわけがないから警護というのは名目で、妹や妹の家族の監視が目的なのだろう。今日のお茶会もフィオリーナや家族の人となりを見定めるためなのかもしれない。

難しい話が一通り済むと歓談の時間となった。子供がエラルド一人きりの王妃は女の子のフィオリーナを構いたくて仕方がなかったのだろう。早速ソファの一つに陣取って、エラルドとフィオリーナを左右に侍《はべ》らせている。義母もフィオリーナについていった。公爵は王と別のテーブルで結婚に纏わる契約内容を詰めているようだ。レオーネだけ一人あぶれてしまう。

レオーネにとっては好都合だった。可哀想に見えるかもしれないけれど、別に知らない王族と話なんかしたくないし、ゆっくり珍しいお菓子を味わえることの方が、三歳児にとっては重要だ。

自分で皿に取ろうとしたらさりげなく給仕が横取りして、白いふわふわを添えてくれた。フォークで少しだけ取ってみたらアイスクリームのようだ。

最高か！

かっと目を見開いたレオーネは次々に菓子を味見する。さすが王宮、最初に目を引かれたカップケーキには酸味の強い果実のジャムが二層も入っていたし、地味に見えた茶色い焼き菓子もキャラメルのほろ苦さが絶妙で大変に美味《おい》しかった。干しイチジクが入ったケーキはプチプチとした食感がやみつきになりそうだったし、パイはジューシーな果物がたっぷり載っている。

「美味しい？」

口いっぱいにパイを頬張っていると声を掛けられた。こくこく頷いたレオーネは隣の椅子を引いて腰掛けた人物を見て凍りつく。

王弟殿下だ。

「私もこのパイが大好きなんだ。でも一番好きなのはこの桃かな。丸ごとシロップで煮て中にカスタードクリームを詰めてあるんだ。レオーネはどれが一番好き？」

レオーネの顔を覗き込もうと頭を傾けたヴィルフレードの肩を青みがかった銀髪がさらりと流れ落ちた。

何て綺麗な人だろうとレオーネは見惚れる。

ヒロインの攻略対象の一人というだけあって、ヴィルフレードの青い瞳はまるでサファイアのようだった。陽光を反射する髪も、肌理《きめ》細かな膚も、今作り上げたばかりであるかのように瑞々しい。

ゆうるりと唇をたわめ微笑みかけられると三歳児なのに魅了されてしまいそうになる。

レオーネは慌《あわ》てて菓子に向き直ると、頬にぱんぱんに詰まっていたものを呑《の》み下した。

「んと、あの、あおいぷりんみたいの」

「プリン……？　チョコミントのムースかな？　ミント系が好きなんだ？」

折角目を逸らしたのに、テーブルに肘《ひじ》を突いたヴィルフレードに横から顔を覗き込まれ、レオーネはかちこちになった。

「えっと、あの、こどものあいてなんかしても、つまんなくないでしゅか？　れお、どるちぇたんのーしてるし、きをつかわなくて、いーー」

あっちへ行ってほっといてくれを婉曲《えんきょく》に言ってみたら、ヴィルフレードの目が丸くなった。

「君、本当に三歳？」

「れお、もーすぐよんしゃい」

「四歳でも他人に気を遣える子なんていないよ。凄いね、君は」

「おそれいりましゅ」

「君も気を遣う必要はないよ。私が君に話し掛けたのは、私が君と話をしてみたかったからなんだ。君を見ていると、何だか懐かしいような気持ちが湧《わ》き上がってくる。君、以前にも私と会ったことない？」

間近から見つめられ、レオーネはぶるぶるっと身震いした。

会ったことなんかあるはずない。それなのに既視感があった。

——殿下の言う通り、僕はかつてこの人と——？

はっと我に返ったレオーネはふくふくの頬をぱちんと叩く。

危ない危ない、見たことなんかあるに決まっているじゃないか。ソラは成長後のヴィルフレードが出ているゲームを何度もプレイしているのだ！

「くどかれても、こまりましゅ」

「ふふ、レオーネは面白い言葉を知っているね。でも、違うよ。本当にそんな感じがしたから聞いてみたんだ。君は？　そんな感じ、しなかった？」

「しないでしゅ。れお、おやしきでるの、きょーがはじめて」

「そう？　じゃあ気のせいなのかな。あ、クリームがついている」

ヴィルフレードの指が頬を拭《ぬぐ》う。さすが乙女ゲームの攻略対象者なだけあるとレオーネは戦《おのの》いた。

この人の言うことなすことすべてにきゅんとくる。気を抜いたら三才にして性癖をねじまげられてしまいそうだ。

王弟殿下とはできるだけ目を合わせないようにしよ……と新しい菓子に気を取られた振りで顔を逸らし、レオーネはうぐっと呻《うめ》きそうになった。

王子がレオーネを睨んでいる。

反射的にガンを飛ばし返したレオーネは王子が即座に立ち上がったのを見て、しまった自制すべきだったと我に返ったけれど、同じソファに座る王妃が即座に王子の手を引っ張って座り直させた上、ちゃんと話を聞けとばかりに顔を摑んで向きを変えさせてくれて事なきを得た。

――うーん、肉体が若いせいかな。脊髄《せきずい》反射で動かないよう、気をつけないと。

自分まで断罪されかねない。年齢のせいか王子はヴィルフレードほど魅力的に感じないけれど、他の攻略対象者はどんななのだろう。そんな風に考えを巡らせていたせいで。

「レオーネ。ほら、これ、おいしいよ。あーん」

うっかり王弟殿下に言われるまま口を開けて切り分けた桃のシロップ煮を入れて貰ってしまい、レオーネは恥ずか死ぬこととなった。

＋　＋　＋

一週間後、王城から魔法の木というものが送られてきた。

この木は水だけでなく傍にいる者の魔力を吸って成長するらしい。庭に植えるとまだ魔力の操り方を知らない子供の魔力暴走を防ぐし、この枝で魔杖《まじょう》を作ると扱いやすく初心者が使うのにちょうどいいものができる。でも、この国には自生していない。お茶会で王妃が王子用に外つ国《とくに》から取り寄せたという話を聞いた義母が羨《うらや》んだら、多めに取り寄せたから一本どうぞという話になったらしい。

公爵夫人らしからぬ振る舞いに父公爵は頭を抱えていたけれど義母はどこ吹く風、客に自慢しやすいよう庭で一番目立つ場所に植えることを庭師に命じると、作業が終わるまでご満悦で眺めていた。

興味をそそられたレオーネは図書室に行き司書を捕まえる。

「おねがい。れおに、おーひしゃまにもらったきのこと、おしえて？」

老いた司書は古書の補修作業を後回しにして本を探してくれた。

司書が読み上げてくれた文献によれば、この木は充分魔力を吸うと紫色の花をつけるらしい。夜にはほんのり光ってまさに魔法のように美しいという。でも、花が咲くと同時に魔力を好む蟲《むし》が集まってきてしまうので注意が必要だ。

魔力を好む蟲！　さすがゲームの世界である。

「ごほんよんでくれて、ありあとー」

レオーネは謝礼代わりに司書をぎゅうと抱き締めた。

――早く光る花を見てみたい。そのためには、魔法の木に魔力を与えてあげなくちゃ！

朝に夕に庭をうろうろして魔力を吸わせて一ヶ月。緑の葉の間に小さな緑の蕾《つぼみ》がついた花房がわさわさと揺れていると思ったら、あっと言う間に木全体が紫色に染まった。

薄紫の小花が房になって垂れ、風が吹くたびぽろりぽろり小花を落とす。夜になるとほんのり光ってとても綺麗だ。

日暮れ時、光りだす瞬間を見てみたくて窓に張りついていると、義母が妹を連れて出てくるのが見えた。

妹には王城から派遣されてきたという子守り――メイドたちと同じ黒い足首まであるワンピースにエプロンをつけたモニカという名の少女で、顎のラインで切り揃えられた焦げ茶の髪も楚々《そそ》とした佇《たたず》まいも如何にも子守りらしく見えるが、時々物凄く鋭い目をする――と、護衛――見事な金髪碧眼のイケメンで人当たりが良く、既に屋敷の使用人たちに溶け込んでいる――が付き従っている。

風に乗って意外とはっきり義母の声が聞こえた。

「見て、フィオリーナ。綺麗ねえ」

「ん。きれい」

「魔力を吸うだけでなく、こんなに綺麗な花を咲かせてくれるなんて、王妃さまにお礼を申し上げなくてはいけないわね。そうだわ、私たちもお茶会を開きましょうか。フィオリーナは王妃になるんですもの、侍女候補の選別もしなくちゃいけないし、ちょうどいいわ。エラルド王子の婚約者の座を狙《ねら》っていた方たちも招待して差し上げましょうね。きっと皆さま、喜ぶわ」

レオーネは齧《かじ》ろうとした林檎《りんご》から芋虫が這い出てきたような顔をした。

父公爵はどうしてこの人と結婚したんだろう。義母は確かにフィオリーナの母親だけあって綺麗だけど、公爵夫人としては浅慮だ。感情に従って敵を作ろうとするだけでなく、この家ではなく王族に忠誠を誓っているのであろう騎士と子守りの前でこういうことを平気で言う。子守りは眉一つ動かさなかったけれど、騎士は苦笑しているようだ。

——と、ここまで暢気《のんき》に眺めていたレオーネは義母が魔法の木の下に入ろうとしていることに気がつき窓を開けた。大きな声で叫ぶ。

「まほーのきのしたにはいっちゃだめー！」

フィオリーナは振り返って足を止めようとしたけれど、手を繋いでいる義母に引っ張られて止まれない。

どうして義母は止まってくれないのだろう。義母にはレオーネの声が聞こえなかったのだろうか。

——いいや、違う。義母はわざとレオーネの言うことを無視しているのだ。

すうっと胃の辺りが冷たくなる。

「レオーネさま、どうしたんですか、いきなり大きな声を出して」

「でぃーな、ふぃーがあぶない！　れお、ふぃーのとこ、いってくる！」

レオーネは夜、用を足しに行く時用に置いてある小さなランタンを摑んで走りだした。階段を駆け下りると屋敷から飛び出して、ぽてぽてと芝生を突っ切る。

屋敷の庭だし安全だと思ったのだろう。手前に控えていた騎士と子守りを追い越したところで、かさりという小さな音が聞こえた。ランタンを掲げると、上から落ちてきた何かが妹の肩に当たって跳ねたのが見えた。

「ほら、むしっ！　さされるまえに、こっち、きてっ」

説明は後、とにかく木の下から出さなきゃ。

そう思って差し伸べた手がすげなく振り払われる。

「何よ」

「あっ」

ぽたん、ぽたん。何かが魔法の木から次から次へと落ちてくる。騎士が木の上から落ちてきたものが義母の肩を這っているのに気がつき顔色を変えた。

「いけません、奥さま、こちらへ！」

「きゃあっ、何するのよっ」

腕を掴まれ強引に木の下から引っ張り出された義母は怒ったけれど、ドレスから叩き落とされたものを見ると悲鳴を上げた。

それは大きな黒い毛虫だった。ランタンの光を浴び身をくねらせている。

レオーネは花が咲いたことに一番に気がつき見に行って木の下に入ると虫がぽたぽたと落ちてくることを知っていた。だから警告したのに、義母はレオーネの言葉に耳を貸そうとしなかった。

まだ嫌いだったからだ。レオーネのことが。

——少しは仲良くなれたと思っていたのにな。

フィオリーナの悲鳴が上げる。

「やあっ、むしー！　とって、とってー！」

躯をのたくらせて今にも妹の襟元に達しそうな毛虫を発見したレオーネは急いで辺りを見回した。取ってあげたいけれどレオーネは騎士のように手袋などつけていないし、手近には何もない。ええいままよと素手で毛虫を叩き落とす。

「痛……っ」

一瞬で済ませれば大丈夫だと思ったのに、手に鋭い痛みが走った。ランタンを掲げてみたら、何もないところにぽつっと小さな発疹のようなものができ、みるみる腫《は》れ上がってゆく。

あれ？　どうして？

たかが毛虫に刺されただけなのに、くらくらした。周囲の声が遠ざかってゆくことに、レオーネは動揺する。これは――まずいかもしれない。

医師を呼べ！　と騎士が叫んでいる。

――いたい？　いたい……？

泣きそうな顔をしている妹に大丈夫だと言ってやらねばと思ったところで、一度意識が飛んだのだろう。気がつくとレオーネは子供部屋の天井を見上げていた。

時々大人たちの声が聞こえた。

――旦那さまは。

――領地に行かれていますから、すぐには帰ってこられないかと思われます。

――あんな虫、見たことがありません。恐らく魔法の木と共に外つ国から運ばれてきたのでしょう。薬が効かないのはきっとそのせいです。

――奥さま、王妃さまに相談しましょう。薬を持っているかもしれません。なくても隣国に問い合わせてもらって――。

――駄目よ、王妃さまに迷惑を掛けるわけにはいかないわ！

――しかし。

どうやら義母はレオーネを見殺しにする気らしい。

相手は子供、しかもこんなに可愛いのに、どうしてそんなことができるんだろう。おまけにレオーネが怪我をしたのは義母や妹を助けるためだ。

――もしかして、僕のせい？

ぼんやりと思い出す。前世のソラは確かに普通だった。目立つところのないモブの中のモブ。でも、他人から見たらそうではなかったらしい。なぜか時々信じられないような悪意をぶつけられた。ソラは忘れっぽかったから、もうほとんど覚えていないけれど。

レオーネはこれだけ可愛いのだ、愛されるのはきっと簡単、ソラと違って怖い目に遭うことなどないと思っていたのに、こうも義母に憎まれるということは。

――やっぱり僕に何かあるのかな。だから義母はレオーネを好きになってくれないのかな。

しかも今世には助けてくれる――もいない。

レオーネは半分眠りながら眉を顰《ひそ》めた。

――？　――って、誰だっけ……？

思い出せない。右手が痛い。

とにかく虐待フラグが折れていないのだから、シナリオを練り直さなくちゃならない。選択肢は幾つかある。父公爵に悪逆非道な発言について告げ口して義母を追い落とすか、逆に跡継ぎの座を妹に譲ると宣言してしまうか。目を瞑《つむ》ったまま、レオーネは僅かに口元を綻ばせた。そうだ、それがいい。働ける年齢になったら屋敷を出よう。そもそもソラは一般人で、公爵という柄ではないのだ。父公爵は攻略できたけれど、義母はどうすれば好感度が上がるのかまるでわからないし。懐いてくれていると思っていたフィオリーナも最近ではあんまりレオーネを好きではないようだ。

レオーネがいなくなって喜ぶ人はいれど、哀しむ人はいない。

誰かに足首を引っ張られでもしているかのように心が沈んでいく。このまま目覚めなければもっと簡単にすべてが解決するなんてことさえ考えてしまったけれど。

「レオーネ！」

どこかで聞いたことのあるやわらかな声に、ぱちんと泡が弾けるように意識が覚醒した。

目を開いたレオーネはぽかんと口を開く。

レオーネのベッドの横にヴィルフレードがいた。跪《ひざまず》いてレオーネの左手を握り締めている。青みがかった銀の睫毛《まつげ》は気のせいだろうか、湿っているようだ。

――いや何で王弟殿下が僕の部屋にいて手を握ってんの⁉

夢かなと思って眺めていると、ヴィルフレードはふっと唇をたわめ、レオーネの手の甲に押し当

てた。

「ひょわ……っ⁉」

あったかくて、ちょっと湿った感覚が生々しい。

「これ。ゆめ、じゃない……？」

レオーネの声が聞こえたのだろう。洗面器の水で布を濯《すす》いでいたディーナが弾かれたように顔を上げた。

「まあ、レオーネさま、よかった、気づかれたんですね！　ええそうです、夢なんかじゃありませんよ、もう大丈夫です。ヴィルフレード殿下がレオーネさまのために隣国から取り寄せた薬を持ってきてくださいましたからね」

薬。目を開けて、右手を持ち上げてみると、そのうちぱんっと破裂してしまうのではないかと心配になるくらい膨《ふく》らんでいた手が半分ほどに萎《しぼ》んでいた。

「ど、して……？　ぐろ、りあしゃま、おーひしゃまにしらせちゃ、だめって」

ディーナが絞った布で腫れた右手を巻くと、ふっと躯が楽になる。

「まあ、聞いてらしたんですか。確かに奥さまはそうおっしゃいましたが、護衛の騎士さまが王宮へ知らせてくださったんです。お屋敷に来る前にヴィルフレード殿下が、フィオリーナさまだけでなくレオーネさまにも気を配るよう命じてくださっていたんですって。レオーネさまはその……奥さまの実のお子ではないから……」

継子虐《ままこいじ》めをされていないか、心配してくれていたというの？　この国の王弟殿下が？　一度しか会ったことのない僕のために？

嘘みたいな話だった。でも、確かにヴィルフレードはレオーネの部屋にいて、手を握ってくれている。

「君が無事でよかった」

もう一度手の甲にキスされたら目の奥が熱くなった。

「すまなかったね。君は王妃が公爵家に譲った魔法の木についていた魔力を食らう蟲にやられたんだ。この蟲は魔力を持つ者が触れると毒を注入して魔力を放出させ、食事しやすくする性質がある。君は常に魔力を放出し続けているせいで、魔力枯渇《こかつ》状態から回復できずにいたんだ。でももうよく効く薬があるしあんな風に具合が悪くなることはないから安心して」

ヴィルフレードがさりげなくレオーネの目の下を拭ってくれる。濡れた指先を見たレオーネは自分が泣いていたことに気づき、しゃくり上げた。

「う……っ、うえ……っ、うええええ……っ」

人前で泣きたくなんかないのに、嗚咽《おえつ》が止まらない。泣きじゃくるレオーネを、ヴィルフレードが抱き上げてくれる。

「可哀想に。大丈夫だよ。これからはこんな目には遭わせない。私が君を守ってあげる」

「でん、が……っ」

本当に？　僕のこと、守ってくれるの……？

ヴィルフレードはなんだかいいにおいがした。ぽんぽんと背中を叩いてくれる手は優しくて、この人は僕を見てくれるし僕を大事にしてくれる、この人がいれば大丈夫と素直に信じられる。

ヴィルフレードのシャツを涙と鼻水だらけにして泣いていると、ノックもなしに部屋の扉が開き、怖い顔をした公爵と号泣《ごうきゅう》するフィオリーナが飛び込んできた。

「レオーネ！」

「れおにーしゃまあああああ」

お客さまに縋りついて泣いていたなんて知られたら恥ずかしいので慌てて顔を拭こうとしたけれど、拭くものを見つける前に左右からぎゅうぎゅう抱き締められ、レオーネは窒息しそうになる。

「帰ってくるのが遅くなってすまない」

「げむじ、どづでぐれで、ありがどう……！」

二人にレオーネを取られたヴィルフレードは苦笑した。

「二人とも、レオーネが苦しそうだよ」

「む」

「ご、ごめんなしゃい、れおにーしゃま」

公爵と妹がぱっと離れる。強面《こわもて》の大男がしょんぼりする姿にきゅんと来た。レオーネは小さな両手を広げた。

「とおしゃ、ぎゅっ、して？」

公爵は一瞬息を詰まらせてからそっと抱き締めてくれた。次はフィオリーナの番だ。

抱擁が解かれるとレオーネは躯の向きを変え、羨ましそうな顔をしてもじもじしている妹へと躙《にじ》り寄った。

「ふぃーも、ぎゅっ」

「ぎゅー！」

抱き締めると、フィオリーナもぎゅうぎゅう抱き締め返してくれる。赤ちゃんの時と同じ隔意《かくい》のない笑顔にレオーネの胸もぎゅーっとなった。

「ふぃー、れおのこと、きらいになっちゃったのかとおもってた……」

ディーナに顔を拭いてもらいながらおずおずと言うと、フィオリーナが元から吊り気味の目元を更に吊り上げる。

「んーん、ふぃー、れおにーしゃまのこと、しゅき。しゅきだけど、かーしゃまが、れおにーしゃまとあそんじゃだめって……」

「グローリアがそんなことを？」

領地から帰ったばかりらしく旅装も解いていない父公爵が低い声を発した。フィオリーナがここぞとばかりに父公爵に縋《すが》りついて訴える。

「しょーなの。かーしゃまね、れおにーしゃまのおみまいにいくのもだめって。きたないくろがうつるって。れおにーしゃまがふぃーのけむし、とってくれたのに……」

びっくりするくらい大きな掌で金色の頭を撫でると、父公爵はレオーネにも手を伸ばした。

「フィオリーナを助けようとして刺されたと聞いた。よくやったな、レオーネ」

ぶわっと体温が上がったような気がした。また涙が出そうになり、レオーネはそっぽを向く。

「べっ、べつに、あたりまえのこと、しただけだし」

「何日も高熱が続いたし、手も腫れ上がったのだろう？　痛かったんじゃないのか？」

「これくらい　おやしらずぬいたときにくらべれば、ぜんぜんだし」

「親知らず？　そんなに痛いんだ？」

「ぬいたときはますいかかってたからへーきだったけど、おいしゃさんからもらったちんつーざい、どっかやっちゃって、どらっぐすとあがひらくまで、じごくみたでしゅ」

なでなでしてくれる手が優しい。レオーネがいなくなって喜ぶ人はいれど、哀しむ人はいないと思っていたけれど、どうやらそうではなかったらしい。

——それに、どうやら僕もこの無骨な父公爵や可愛い妹と一緒にいたいみたいだ……。

皆さま、お茶をどうぞとディーナがワゴンを押してくる。ポットを傾けると、あらかじめカップに入れられていた紫色の小花がくるくる回った。

「あっ、まほうのきのはな！」

「今のレオーネさまは魔力が足りない状態なのです。補充をしないと」

渡されたカップをふうふうと吹いてから少しだけ啜《すす》ってみる。紫色の花が浮いたお茶は魔力が入っているからだろうか、たまらなく美味しかった。

三、げーむ、かいし！　ただし、ようねんぶにて。

赤、黄、ピンク。妹をエスコートして入った大広間はたくさんの薔薇《ばら》で飾りつけられ、高等部の五年間、ダンスやマナーを学んでいたのと同じ場所とは思えないほど華やかになっていた。

着飾った卒業生たちの視線の先を辿《たど》り、レオーネは宰相の息子を見つける。名をシストといい、エラルド王子の側近であり学友であった彼は、父親の後を継いで次の宰相になるのが確実な有望株だ。ところが、短く整えられた胡桃色《くるみいろ》の髪が爽《さわ》やかかつ精悍《せいかん》な印象を与えるシストにはどういうわけだか婚約者がいなかった。いまだ婚約の決まっていない女子生徒にとっては垂涎《すいぜん》の的《まと》だ。

卒業すれば簡単には会えなくなる。しかもいつも一緒にいる王子と愉快な仲間たちはいまだ会場に到着していないらしい。このパーティーが最後のチャンスだということで、誰かと話をしているシストの周囲だけ異常に人口密度が高い。

怖……と思いつつ眺めていると、シストと目が合った。仲が良かったわけでもないのに、会話を切り上げてこちらに来ようとしているようだ。でも、ようやく話し掛けるチャンスが到来したと思った淑女たちに囲まれシストはあっという間に見えなくなってしまった。

◆　◆　◆

「レオーネさま、制服が届きました！　早速着てみましょうね」

「はえ？」

　ゲーム内で学院生たちが着ていた制服のズボンを短くし、幼児向きに仕立て直したような制服を見せられ、レオーネはこてんと頭を傾けた。レオーネはもうすぐ五歳になるところで、いくらおにいさんになったとはいえ学院に入るにはいささかどころではなく早い。

「言ってなかったでしたっけ？　魔力のある子だけは四歳で学院の幼年部に、他の子に先んじて入学することになっているんです」

「どゆこと？」

　ぱんぱんとソファの隣の席を叩いて座るように促すと、ディーナは仕方ありませんねえと腰掛けて説明してくれた。

　徒人《ただびと》と比べれば魔法使いは強大な兵器に等しい。力を手にするため国の支配者層――貴族が魔力の強い者の血を取り込み続けた結果、強い魔力を持つ子が多く生まれるようになったけれど、甘やかされて我儘《わがまま》放題に育てられた子供たちはちょっとした喧嘩で建物を吹っ飛ばしたり、相手に死にかねない怪我を負わせたりする。遂には玩具《おもちゃ》の取り合いをきっかけに高位貴族が嫡男を亡くす、なんてことも起こったらしい。そのためまだ魔力のそう大きくない幼いうちに魔力と己を制御する方法を叩き込もうと、王立チョッコラータ学院に幼年部が創設された。

「今では貴族で魔力がある子は四歳になると必ず幼年部に入学しなければならないんですよ」

ディーナは誇らしげに制服を撫でているけれど、レオーネは釈然としない。

「ふうん。でも、れおがまりょくもってるって、どーしてわかったの？」

「学院の人が今年四歳になる子の名簿を手に、一軒一軒訪ね歩いて検査をするんですよ。毛虫に刺されて寝込んでいる時に白いローブを纏ったおじさんが訪ねてきたの、覚えていませんか？」

「あっ」

あれかとレオーネは膝を打った。確かにそんな人が来て、水晶の結晶に触らされたり、血を採ったりされた。治療のために来た医師の一人だと思っていたのに元気な妹にも同じことをしようとしたので、ロリコンに違いないと思ったのだけれど。

「来週から午前中だけ通うことになります。ディーナがお供できるのは初日だけですけど、淋しがる必要はありません。お友だちがたくさんできますから、きっと楽しいです」

「おともらち……」

レオーネははっとした。レオーネは肉体こそ四歳児だが、前世から数えれば三十二歳である。妹は可愛いからいいけれど、普通の四歳に交じって授業を受けたり遊んだりするのはきつい。

「おうふ……」

床に手を突き何とかしてこの降って湧いた事態を回避できないかと考えていると、勢いよく扉が開いてフィオリーナが入ってきた。

「れおにーしゃま、みてみて！　ふぃー、かあい？」

毛虫の一件をきっかけに父公爵からレオーネと遊んでいいというお墨つきを貰った妹は何かあれば部屋に押しかけてくるようになった。義母は引き離したいみたいだけれど、父公爵には逆らえないようだ。

試着した学院制服をいの一番に見せに来てくれた妹の愛おしさにレオーネは打ち震える。

「か……かあいい……」

「ありあとお。れおにーしゃま、がくいん、たのしみねー」

「お……おお……」

レオーネは頭を抱えた。制服を着ているということは、フィオリーナにも魔力があったのだ。

それなら仕方がない学院に行こうとレオーネはコンマ一秒で覚悟を決めた。なぜならフィオリーナはこんなにも可愛い。一人で外に出したらどんな輩《やから》に目をつけられるかわからない。

「れおにーしゃま？」

ごめん寝してしまっていたレオーネの傍にフィオリーナがしゃがみ込む。

レオーネはいまだふくふくの頬にきゅっと力を入れると顔を上げた。

「おきがえしたふぃーが、かわいしゅぎてきをうしなってた」

「まあ、おかしなれおにーしゃま」

こましゃくれた話し方がまた可愛い。スマホがあったらあらゆる角度から動画を撮るのにと思っていると、扉がノックされた。お客さまが来たらしい。

「こんにちは、レオーネ。フィオリーナ嬢もごきげんよう」

入ってきた人物を見たレオーネは思わず小さな両手で口を押さえた。ヴィルフレードだ。しかも同じ王立チョッコラータ学院の制服を着ている。

「かっこいい……！」

ヴィルフレードが微笑する。

「ああ、制服のまま来たのは初めてだったっけ。ありがとう。ところで、明日のお茶会はまたお休みになった。王子がお腹を壊したそうだ」

驚いたことにエラルド王子はまだたった四歳だというのに、月一回行われる妹とのお茶会をすっぽかしまくっていた。まともに催されたのは最初の二回だけ、三回目四回目は直前に雲隠れして王妃に物凄く怒られたらしい。今では前日から仮病を使って事前に連絡を寄越す。

失礼だと義母はぶち切れたが文句は言わない。お茶会の中止を告げに来るのが王弟殿下――ヴィルフレードだからだ。

フィオリーナが制服の裾を摘まみ四歳児とは思えない見事なカーテシー《淑女の礼》を披露する。

「おしらせ、ありあとーごじゃましゅ。おだいじにと、えらるどでんかにおちゅたえくだしゃい」

「いつもごめんね。これは私の気持ちだよ。苺《いちご》と生クリームたっぷりのケーキだ」

「いちご！」

本来なら王子がお詫びの品を用意すべきなのに、毎回単なる使者であるはずのヴィルフレードが気を遣って手土産まで持ってきてくれる。幼な子の心を鷲摑《わしづか》みにするチョイスにフィオリーナは大喜びだ。最初こそ戸惑っていたけれど、妹も今では王子はクソだと理解している。手土産を喜びこそすれ、王子にお会いできなくて残念とは露《つゆ》ほども思っていない。

ケーキを取り分けるため箱を受け取ったディーナにフィオリーナがついていってしまうと、ヴィルフレードはひょいとレオーネを持ち上げソファへ腰掛けた。膝の上にレオーネを置くと、幼な子らしくやわらかく艶やかな黒髪を撫で回す。

「んっ、や！」

僕は猫じゃないと、ヴィルフレードの手をぐいぐい押して抵抗していると、後ろ向きだった躯が向かい合わせに置き直された。

うっ、近い。

反射的にレオーネは目を瞑る。不真面目な王子のせいで毎月ご尊顔を拝する好機に恵まれているというのに、レオーネはこの少年期特有の中性的な美貌に全然慣れることができずにいた。近くで見ると目がチカチカする。距離を取りたいのにヴィルフレードはさらに顔を近づけ声を潜めた。

「レオーネ、これ、知ってる？」

掌に小さなチャームが落とされる。生クリームのように白いのに影が七色を帯びた小指の先ほどの大きさの石に萼《がく》みたいな銀の金具がついた、これは。

「まけっしょうだ！」

「当たり。あげる。一つしかないから、フィオリーナ嬢には内緒だよ。私の魔力が込めてあるから、

お守り代わりに肌身離さず持ち歩くといい」

「ありあと！　なでなでしてもいーよ？」

頭だけでなくほっぺたまで撫で回され目を細めるレオーネは否定していた猫そっくりだ。

「ありがたき幸せ。ところでレオーネの制服は？　届いているんだろう？　着て見せてくれないのか？」

レオーネは俯《うつむ》いた。

「……いまは、いー、でしゅ」

「どうして？　見てみたかったんだけどな、レオーネの制服姿」

そんなことを言われたって、フィオリーナのようにはしゃいで制服を見せびらかす気にはなれない。もじもじしていると、ヴィルフレードがレオーネの腰の後ろで指を組み、背凭《せもた》れに寄りかかった。

「もしかして、学院に行きたくない？」

レオーネはこくんと頷く。なぜかヴィルフレードは嬉しそうな顔をした。

「そう。どうしても行きたくないなら、私が何とかしてあげようか。時々、病気を理由に入学しない子もいるんだ。本当に病気の子は半分、残りの半分は独自の修行方法があるからとか、敵対する家の子がいるからとか、色々だね。レオーネならこの間の蟲を理由にできると思う」

えっ。子供が学校に行きたくないと言ったら、普通反対しない⁉

望み通りになってしまいそうな風向きにレオーネは慌てる。

「ありあと、でんか。れも、だいじょぶでしゅ。ふぃーがたのしみにしてるし、れお、ちゃんといきましゅ」

折角の申し出を無下にされたというのに、何がおかしいのかヴィルフレードはくすくす笑った。

王弟ともなると人生は薔薇色でしかないのか、ヴィルフレードはいつも上機嫌だ。

「レオーネは年々シスコン度が増していくね。ちょっと妬けるな」

「しすこん？　だれがでしゅか？」

「レオーネに決まっているだろう？」

レオーネは心外だとばかりに肩を聳《そび》やかした。

「れお、しすこんじゃないよ？」

妹はいつか自分を虐《しいた》げるようになるかもしれない悪役令嬢なのだ。シスコンになどなるわけがない。

「自覚がないとは重症だね。そんなところも可愛いけど」

可愛い？

レオーネはぎゅうっと目を瞑って、ヴィルフレードが褒めているのはレオーネでソラじゃない、ヴィルフレードが褒めているのはレオーネでソラじゃない、ヴィルフレードが褒めているのはレオーネでソラじゃない、と三回頭の中で繰り返した。ヴィルフレードといると、時々勘違いしそうになる。本当の自分はモブ顔なのに。

「それで？　どうして憂鬱《ゆううつ》そうな顔をしていたの？」

「がくいんになんかいって……ふぃーにへんなむしがついたら、こまりゅ」

お茶を淹れながら切り分けたケーキを皿に取っていたディーナがぷっと吹き出した。

「四歳児が一体何の心配しているんですか」

ヴィルフレードは憂《うれ》い顔だ。

「私は君の方が心配だよ、レオーネ。君は可愛いし、婚約者もいない」

レオーネにはヴィルフレードの頭の方が心配だ。

「れお、しっかりしてるから、だいじょぶでしゅ」

「確かにレオーネさまは四歳児とは思えないほどしっかりしていますよね」

ディーナも同意してくれたというのに、王弟殿下だけが心配顔だ。

「何かあったらすぐ私を呼ぶんだ。さっきの石に触れて念じれば飛んでいく。厭《いや》なことがあったから聞いて欲しいとか、こんな楽しいことがあったとか、そういう話で呼んでくれても構わない」

「いーの？　いし、ないしょってゆったの、でんかなのに」

「あ」

案の定、フィオリーナがなあになあにと騒ぎ始める。ヴィルフレードはしまったという顔をしたけれど、レオーネは知っている。この人はそんな失言をするようなうっかりさんじゃない。今のはわざと、場を和ませようと思って言ったのだ。

あざとい。でも、この人の中には善意しか見当たらない。

小さな声でありあとと言ってみたら、また頭をわしゃわしゃされた。

＋　＋　＋

ヴィルフレードが帰った後、フィオリーナがとととと……と近づいてきた。

「れおにーしゃま、しってる？　でんかのこんやくしゃのおはなし」

凄い秘密を知ってしまったかのように耳元で囁《ささや》かれ、レオーネの心臓がきゅうっと縮む。ヴィルフレードは王弟なのだから、婚約者くらいいて当たり前なのに。

「しらない。どんなおはなし？　だれにきいたの？」

「もにか！　でんかねえ、こうしゃくれいじょうとこんやくしていたのに、やめちゃったんだって」

「やめた？　こんやくかいしょうしたってこと？　どうして？」

「しんじつのあいをみつけたから！」

フィオリーナの目はきらきらと輝いていたけれど、レオーネは息を詰める。

真実の愛。

この手の物語における最悪の破滅フラグだ。

「でんかのしんじつのあいのあいてって、だれ……？」

「それがねえ、いっぱいいっぱいおこられてよーやくこんやくやめられたってゆーのに、でんか、ぜーんぜんあたらしいこんやく、しないんだって。だから、だれがしんじつのあいのあいてか、わかんないの。もにかは、でんかってばすきになってはいけないひとをすきになっちゃったのかもって。きゃーって！」

「……」

様々な思考が頭の中を駆け巡る。え、モニカってば、四歳児相手にガールズトークしてるの？というか、フィオリーナといつの間にそんなに仲良くなったの？　僕の前ではいまだに寡黙で、全然喋ってくれないのに。もしかして僕だけ距離を置かれてる？　――いや、今問題なのはそこじゃない。ヴィルフレードだ。

どんな人なら好きになってはいけないか考えてみる。すぐに思いつくのは身分の釣り合わない人だ。それから、既婚者や神職に就いていて純潔を失うわけにはいかない立場にいる人。でも、ヴィルフレードは四歳児に躊躇いなく学院に行かずに済むようにしてあげようかと言う人である。それくらいの障害なら力尽くでどうにかしてしまいそうだ。だとしたらあとは、『相手の気持ちがヴィルフレードの上にはない』くらいしか思いつかないけれど。

「うっ……」

好きにはなってくれない人のために婚約解消までして？　ただ想いを捧げている？　まだ十四歳なのに？　あんなに綺麗な人が？

――確かにそれは、きゃーって感じだ。字書きとしても滾《たぎ》る。

「ふぃーはねえ、でんかのこと、おーえんしゅる。もにかとか、おーじょーではたらいてるこたちもね、おーえんしてるんだって」

レオーネははっとしてフィオリーナの手を取った。

「れおもおーえんする！」

「ほんと？　じゃ、でんかがしゅきなひと、だれかわかったらおしえてね？　おーじょーではたらいてるこたちも、わかったらおしえてくれるって」

王城の使用人たちは何という方法で情報収集しているのだろうと思ったけれど、否やはない。なぜかざわざわする胸を押さえ、レオーネはフィオリーナにわかったと頷いた。

＋　＋　＋

入学式が行われる朝、きちんと制服を着込んだレオーネがディーナを、フィオリーナがモニカを付き従えて玄関に行くと、父公爵が見送りに来ていた。レオーネは威圧感たっぷりの強面に怯《ひる》むことなくたたたたっと駆け寄ると、にぱっと笑う。

「ちちぅうえ、れお、にゅーがくしきにいってくるね！」

同時にだっこ！とばかりに両手を伸べると、目尻の皺が僅かに深くなった。とてもわかりにくいが、この男は愛息子の愛らしさにやにさがっているのだ。

「うむ」

ちょろい。

ぎゅーぎゅーと抱き締め合って別れを告げると、ディーナが持ち上げて馬車に乗せてくれる。御者が鞭《むち》をくれ、馬車は豪邸が並ぶ貴族街をゆっくりと走りだした。ぱっかぱっかと牧歌的な蹄《ひづめ》の音が響く。レオーネがそっと袖を引っ張ると、むっちりとした手首に結ばれた繻子《しゅす》のリボンが見えた。これにはヴィルフレードがくれた魔結晶が通してある。本当はバングルに仕立てたかったのだけどすぐ成長して入らなくなると止められ、苦肉の策でこうしたのだ。

学院は王都でも守りの堅い王城のすぐ傍にあった。校舎の前の広い車回しには何台も馬車が停まっており、真新しい制服に身を包んだ幼な子たちがおつきの者に馬車から抱き下ろしてもらっている。でも、レオーネは馬車が停まると自分で扉を開けて外に飛び出した。大急ぎで馬車を回り込んで反対側の扉を開け、恭《うやうや》しく手を差し出すと、中にいたフィオリーナが嬉しそうに手を取る。ディーナとモニカにも手を貸した。レオーネの背が低いせいで逆に降りにくそうだったけれど、そこはまあ、ご愛敬というものだ。

「おあよ、ござましゅ」

案内係なのか、すっと近づいてきた女性に挨拶すると、恭しく一礼される。

「おはようございます。ようこそ、王立チョッコラータ学院へ。入学式は小ホールで執り行われます。こちらへどうぞ」

「ありあと、ござましゅ」

建物の中に入っていこうとするレオーネたちの横に、一際豪勢な馬車がやってきて停まった。やけに体格のいい白馬につけられた馬具は金、馬車も白に金をあしらうという、実に汚れが目立つ仕様だ。その場にいた者が一斉に礼を取ったので真似ると、王子が降りてきた。

「む。そうかしこまらずともよい。おれも、きょーからともにまほーをまなぶ、なかまなのだからな！」

ふんすと鼻息も荒い王子は随分と偉そうだけれど、やっぱり他の子たちと同じようにおつきの人――護衛を命じられてきたのだろう騎士にだっこして降ろしてもらっている。王子の馬車には更に二人の幼な子が乗っていた。彼らの顔を見たレオーネはあっと思う。他の攻略対象者だ。

――そっか、ゲーム中で同級生だったってことは同い年だから、幼年部でも一緒になるんだ！

見事な赤毛を格好をつけて掻《か》き上げている四歳児は騎士団長の息子、アルドであろう。地味な胡桃色の髪を平民のように短く刈り揃えた男の子は宰相の息子のシストだ。

ゲームのシナリオが頭の中で蘇る。

シストは宰相である父親に大きくなったら自分の後を継ぎ立派な宰相になれと言われて育ったものの、それで本当にいいのか、他にもっと歩むべき道があるのではないかと思い悩んでいるキャラクターだ。でもある日、シストはヒロインと出会い街へ出て、孤児院を覗いたり買い物をしてみたりして、チョッコラータ王国の福祉や流通には問題があることを知る。ヒロインに気がついたことを話したらお父さんの後を継いで宰相になれば、シストには思うような施策が講じられるよねと言われ開眼、それから平民の地位向上という崇高な使命に向かって邁進《まいしん》するわけだけれど、そこでフイオリーナが登場し、愚昧《ぐまい》な平民と貴族を同列に扱うなんて馬鹿じゃないのと嘲笑《ちょうしょう》するのだ。そしてある日、シストはフィオリーナが孤児院の子を馬車で轢《ひ》き怪我をさせたにもかかわらず、手当てをしてやるどころか金貨を投げつけて去るのを目撃してしまう。憤ったシストは後日フィオリーナを告発、普通は貴族が平民に怪我をさせたところで罪にはならないのに、あの手この手で有罪に持ち込むのだ。

——それからフィオリーナはどうなるんだっけ。

記憶を辿るレオーネの脳裏に、襤褸《ボロ》に身を包んだフィオリーナが民衆に石を投げつけられるスチルが浮かんだ。

かあっと躯が熱くなり、生まれたばかりのフィオリーナにきゅっと指を握られた瞬間感じた愛おしさや蟲に刺された時、いたい？　と聞いてくれた時の泣きそうな声、れおにーしゃまという舌足らずな、でも絶対の信頼を感じさせる呼び声がレオーネの中に蘇る。

この子に石を投げるなんてとんでもない。この子は幸せになるべき子なのだ。

ゲームの中のフィオリーナは性悪だったけれど、レオーネの妹のフィオリーナは使用人たちに高飛車な態度を取ることなどない、素直ないい子だ。断罪されるようなことをするはずがないから心配しなくてもいいはずなのだけれども、『甘い恋を召し上がれ♡』において妹はどのルートでも不幸になっていた。ありとあらゆる方法で地獄に突き落とそうとするシナリオには妹に対する悪意さえ感じられた。それにとレオーネは己の手の甲を見下ろす。

「もー、れおにーしゃま、はやくー」

先に行きかけたフィオリーナが戻ってきてレオーネの手を取る。生まれた時よりは大きくなったけれどまだまだ子供の手に引っ張られてレオーネは小ホールに入った。演壇に向かって並ぶ椅子におつきの人の大きなシルエットと新入生の小さなシルエットがセットで並ぶさまはどこかユーモラスだ。

レオーネが案内係に示された席は半円形に五列並べられた椅子の最前列だった。既に後ろの席に座っている子がいるので来た順ではない。多分身分順だ。

ということは。

フィオリーナと手を繋いだままきょろきょろしていると、案の定、王子他、攻略対象者たちが同じ最前列に案内されてきた。レオーネを見るとぴたりとお喋りを止めて凝視する。

——黒髪黒瞳を蔑視するのは年寄りだけだって聞いていたのに。

やがて時間が来て、学院長が挨拶を始めた。長すぎる話に幼な子たちがそわそわし始めた頃、ぎいと音を立てて扉が開いた。

「申し訳ありません、遅くなりました」

最後の同級生はぺこぺこ頭を下げながら入ってくるおつきの人らしい男性の小脇に荷物のように抱えられていた。

最前列に残っていた席に案内されたその子は、制服の上にローブ——小さいせいで雨合羽《あまがっぱ》のように見える——を着て、ちっちゃな両手でフードを引っ張って顔を隠していた。おつきの人に容赦なくローブを引っぺがされ、ようやく露《あら》わになった男の子の顔を見たレオーネは両手で口元を押さえる。男の子が四人目の攻略対象者——魔法師団長の息子、リディオ——だとわかったからではない。

ぼさぼさと肩甲骨《けんこうこつ》が隠れるほど伸ばされた灰色のはずの男の子の髪が、毛先にかけて白く抜ける空色に染められていたからだ。右側には二筋ほど白のメッシュも入っている。幼児がするにはいささかどころではなく尖《とが》った髪型だけど、レオーネは同じ髪型をした人を知っていた。

偶然？　ううん、こんな強烈な偶然あるわけない。

ソラが高校生の頃の同級生だったハシモトくんだ。彼もレオーネと同じようにこの世界に転生していた……？

みぞおちの辺りに、ぐうっと突き上げられるような違和感が生じる。

男の子はしばらくの間無言でローブを奪い返そうとしていたけれど、どう頑張っても返してもらえないとわかると座り直した。辺りを見回してレオーネに気がつくと二度見する。

三人の攻略対象者のみならずハシモトにまで熱い視線を浴びせられ、レオーネはもぞもぞした。

もしあれが本当にハシモトだったとしても、レオーネの容姿は前世とは随分違う。正体を見抜けるわけないと思うのだけど、ハシモトはレオーネを見るのをやめない。

別に気にしなければいいのだろうけれど、段々気分が悪くなってきて、レオーネは隣に座っているディーナへと手を伸ばした。

「レオーネさま？」

「でぃーな……はきそ……」

今度はレオーネが荷物のように抱え上げられ運ばれる。

＋　＋　＋

ハシモトが、いた。

ハシモトは高校の時の同級生で、どちらかというと大人しい――というか、全然喋らない――部類だったけれど、派手な髪型のせいで有名人だった。遅刻が多くて、授業の途中でがらっと扉の開く音がすると大抵ハシモトが建てつけの悪い扉を閉めようと四苦八苦している。先生たちは最初のうち怒っていたけれど、何度叱《しか》っても変わらない生活態度にそのうち何も言わなくなった。

ハシモトはいつも一人だった。女子が時々話し掛けていたけれど、黙って俯いているだけで返事もしない。でも、長い髪に半ば隠された顔がとんでもなく整っているせいで、気にしている女子は多かったようだ。

同じ教室に存在しているだけの宇宙人のように遠い存在。それがハシモトだった。三年間同じクラスだったけれど、ソラと言葉を交わしたのは一度だけだったと思う。

あの日のことは今も昨日のことのように思い出せる。急な雨に降られて玩具屋の庇《ひさし》の下に避難したら、ハシモトがいた。景色が煙るほど激しい雨の中、そう広くない安全地帯で二人きり。黙っているのも気まずくて、一言二言言葉を交わした次の日からハシモトはおかしくなった。ソラに『信じられないような悪意』をぶつけてきたのだ。

何でかなんてわからない。多分、そんなことすらわからないようだからソラは駄目だったのだろう。

また胃の辺りがきゅっとなる。でも、レオーネに今更あれこれ思い悩むつもりはなかった。

もしあれが本当にハシモトだったとしても、ソラは生まれ変わったのだ。これだけ可愛くなったのだからまた嫌われる可能性は低いし、もしまたおかしなことになってもレオーネは貴族、簡単には手を出せない。父公爵もヴィルフレードも守ってくれる。気にする必要なんかない……。

屋敷に帰り着いても気分が優れず、昼食も食べずにベッドに潜り込んで、どれだけうとうとしていたのだろうか。ふと目を覚ますと、ヴィルフレードがベッドに腰掛けていた。

「でんか……？」

「おはよう、レオーネ」

愛おしげな声と同時に髪を指で梳《す》かれ、レオーネは目を眇《すが》める。

「おあよ、ござましゅ……」

「具合が悪くなったと聞いてお見舞いに来たんだ。気分はどう？」

家族でもないのに、王弟殿下がなぜ甥の婚約者の兄の具合がちょっと悪いだけで駆けつけるのだろう。この程度で知らせを走らせた人もどうかしている。

「もうだいじょぶでしゅ……おみまいしてもらってもーしわけないくらいでしゅ」

ヴィルフレードがくすくす笑った。

「本当は入学のお祝いをしようと思って、王宮の職人にケーキを作らせていたんだ。でも、お見舞いに来ようと思うくらい心配していたのは本当だよ」

「けえき！」

レオーネはいそいそと起き上がる。ケーキは街でも買えるけれど、王妃のお茶会に招かれてからレオーネはすっかり王宮の甘味に魅了されてしまっていた。持ってきてくれたのはチョコレート系のケーキだろうか、それとも果物がたくさん載ったタルトだろうか。どちらにしても絶対食べなければ気が済まない。

「具合が悪いのに、ケーキなんか食べられるのかな？」

「ぐあいわるくない！　もう、れお、げんき！」

本当に全然平気なのに、ヴィルフレードの手がベッドから下りようとするレオーネの膝を上から押さえた。

「朝は元気だったのに、急に具合が悪くなったって聞いた。学院で何かあったんだろう？　ケーキを持ってきてあげたんだから教えて。何があったんだい？」

ヴィルフレードが、座ったご主人さまの膝にわんこが頭を乗せるように、膝の上に顎を乗せる。上目遣いに見つめられ、レオーネはうくっと喉を鳴らした。ヴィルフレードほどの美少年がこんなことをしていいと思っているのだろうか。

「でも、べつになにもないし……」

「嘘は駄目だよ、レオーネ」

「うっ、うそじゃないもん！　どおしてうそってわか……ううん、おもったんでしゅか……？」

「私の目を見ようとしないからだよ。知っている？　レオーネは嘘をつく時、視線をあっちこっち彷徨わせるんだ。誰が見たって後ろめたい何かを抱えているってわかる」

「……！」

レオーネはあたふたした末、ちんまりとした両手でヴィルフレードの両目を塞《ふさ》いだ。これで大丈夫と思ったのに、今度は完璧な曲線を描くヴィルフレードの唇が圧の強い笑みを形作る。

「レオーネ？　教えてくれないとケーキはお預けにするけど、いいのかな？」

「……‼」

黙っていると、ヴィルフレードは片手でレオーネの手を退けた。

「そう、仕方がないね。ケーキはエラルドにあげるとしよう。でも、また体調を崩すようなら次はこんなことでは済ませない。私の独断と偏見に基づいて手を打つ。覚悟しておくんだね」

レオーネのないに等しい喉がごくりと鳴る。

「てをうつって……どうしゅるんですか……？」

身を起こしたヴィルフレードが、寝ていたせいでくしゃくしゃになったレオーネの髪を整える。

「そうだね。影を送り込んで原因を突きとめ排除しようか、それとも適当な理由をでっち上げて学院に行くのをやめさせようか。ああ、勉強についての心配はいらない、私がいい家庭教師を探してあげる。何なら私が教えてあげてもいい」

「はえ⁉」

王弟殿下がたかが公爵家の子息――しかも正妻の子に爵位を譲らせるためにそのうち排除されるのではないかといわれている――の家庭教師をする⁉　冗談だと思ったけれど、ヴィルフレードはこの思いつきが気に入ってしまったらしく、声を弾ませた。

「そうだ、それがいい。レオーネの勉強は私が全部見てあげる。魔法も手取り足取り教えてあげよう。私は色んな禁術についても精通しているんだ」

「そんなの、だめ！」

「どうして？　きっと楽しいぞ？　レオーネだって毎日私と会えたら嬉しいだろう？」

ヴィルフレードがベッドに手を突き身を乗り出す。近すぎる距離に狼狽《うろた》え後退《あとずさ》ろうとして、レオーネはベッドの上にころんと転がってしまった。

「うれしーけど……とにかく、だめでしゅ。キブンがわるくなったのは、むかしのしりあいにあって、いろいろヤなことおもいだしちゃったせい、あすからはきっとだいじょぶ……」

ヴィルフレードの目が細められる。

「昔の知り合い？　まさか前世の知り合いってこと？　他にも転生者がいた？」

「……え？」

レオーネは耳を疑った。

今、殿下は転生者って言っただろうか？　どうしてそんな言葉が殿下から出てくるんだろう？

凍ってしまったレオーネを見下ろし、ヴィルフレードが首を傾げる。

「ん？　ああ、転生者だとバレていたのが不思議なのかな？」

こくこくと頷くと、ヴィルフレードは指を折って教えてくれた。

「まずドラッグストアだろう？　それから親知らず――まだ生えてもいないのに抜いたことがある

ような口ぶりだった――、賢すぎる言動に、後は何だったかな」

あー！とレオーネは叫びたくなった。

僕、迂闊《うかつ》すぎない⁉

「えっとじゃあ、でんかも、てんせーしたんでしゅか……？」

ヴィルフレードの唇が弧を描いた。

「ようやく気づいたか」

レオーネはただただ呆然《ぼうぜん》とする。王弟殿下も転生者‼

「もしかして、このせかいにはてんせーしゃがいっぱいいる……？」

「そんなことはないと思う。少なくとも私がこの十四年で見つけた転生者は私とレオーネだけだ」

「さんにん、だけ……？」

「三人？　……ああ、やっぱり学院で見つけたんだね？　もう一人の転生者は誰かな？」

「ハシモトくん。このせかいでのなまえは、まだきーてないでしゅ」

「なるほどね」

ヴィルフレードは今生での名前がわからないのがもどかしいのか眉根を寄せたけれど、すぐまた笑みを浮かべた。

「気にしなくていい。私の方で調べてみるよ。それより、レオーネは前世ではどんな人だったんだい？　名前を教えてもらってもいいかな？」

前世の、名前。

レオーネは瞬時に考えを巡らせる。

名前を教えて、ヴィルフレードが知らない人だったらいい。でももしハシモトのようにソラと気まずい関係にあった誰かなら？　前世の関係を引きずって、今までのようではいられなくならないだろうか？

──この人だって僕が転生者だと気づいていたのに黙っていたんだ。僕だって全部を明かさなくてもいいはずだ。

「えと、れお、わすれちゃった……」

目を泳がせながら嘘をつくと、ヴィルフレードの笑みが深くなった。

「……ふうん、そうなんだ。残念だな。じゃあ、どんな人だったかってことも忘れちゃった？」

「えっ、あっ。どんなひとかってゆわれたら……ふつー？」

「普通じゃわからないよ」

ヴィルフレードがくすくす笑い、レオーネはほっとした。どうやら問題なさそうだ。

「ふつーは、ふつーでしゅ。ふつーにガッコいって、そつぎょーして、いきていけるてーどにしごとしてた……」

「社会人だったんだ。モテた？」

物語の中の王子さまそのもののようなヴィルフレードの口から俗っぽい質問が出てきたのに、レオーネは衝撃を覚える。

「……ぜんぜん、でしゅ。でんかは？　そうだ、でんかのなまえ、おしえて？」

一拍間を置いて、ヴィルフレードはにっこり笑った。

「ごめんね。私も忘れてしまったんだ。私も全然モテない普通の人だったよ」

レオーネは頬を引《ひ》き攣《つ》らせた。

嘘だ。

でも、追及はできない。レオーネだって隠し事をしているからだ。

前世のヴィルフレードはどんな人だったんだろう。

モテたのは間違いない。そうでなければいくら攻略対象に転生したからといって、ああも自然に恋心をくすぐる台詞《せりふ》や仕草を連発できるわけがない。きっと息をするように女の子を口説き落として泣かせていた。転生したのはきっと背中を刺されたせいだ。

この人はこの世界が乙女ゲームの世界だということを知っているのだろうか？

ヴィルフレードの顔を見つめるレオーネの頭の芯がくらり、揺らいだ。

何も読み取れなかった。優しいと思っていたヴィルフレードの微笑が本心を隠す城壁みたいにレオーネの前に立ちはだかっている——ように感じられる。

何となくわかったような気でいたけれど、自分はこの人のことを何も知らないのだ。

胸の辺りがもやもやする。

一度生じてしまったもやもやは、れおにーしゃまだいじょぶ？と妹が部屋に乱入してきても、最高に美味しいアーモンドの花のタルトをみんなで賑やかに食べた後も胸の中に居座って、消えようとしなかった。

＋　＋　＋

王弟殿下が転生者だったという衝撃に比べればハシモトとの再会など些事《さじ》だ。というか、『もやもや』に気を取られ、学院に着いて顔を見るまでハシモトのことなどすっかり忘れていたレオーネは、気にするのを止めた。

昨日レオーネが医務室で休んでいる間に魔法訓練場などの主立った施設を見せてもらったらしく、フィオリーナが得意げに案内してくれる。連れていかれた教室には空色の二人掛けのベンチと、二人で使うのにちょうどいい大きさの長机が三列並んでいた。

「れおにーしゃまはここ！　ふぃーのおとなりなの」

フィオリーナが示した席は教室のど真ん中、廊下側の隣のベンチにはハシモトが一人で座っているという特等席だ。

授業が始まる今日からはおつきの者はいないけれど、四人もの先生が始業前から教室に詰めている。多すぎやしないだろうか？

鐘が鳴ると自分の席に座るよう指示される。今日は一日かけて全員の魔力量を測定するらしい。順番がくるのを大人しく待っているうちに、レオーネは先生が四人もいる理由を理解した。王立チヨッコラータ学院幼年部は年齢から考えれば仕方がないのだけど、まるで幼稚園だった。

授業中にトイレに行きたいと言いだす子がいる。勝手に教室から出ていこうとする子も、喧嘩を始める子もいる。目を光らせるのが四人では足りないくらいだ。

男子は魔力測定に興味津々で教壇の周りに集まってしまっていたけれど、女子は違った。

「ごきげんよう。わたくし、ナンタラはくしゃくけのカンタラともうします。でんかにおかれましては、ごきげん、うるわしく」

「あっ、ずるいっ！　わたくしもでんかとおはなししたいっ」

幼くても女は女ということなのか、はたまた親にそうしろと言い含められているのか、王子の周りに小さなレディたちが群がっている。レディたちに狙われているのは王子だけではなかった。フードを目深に被り誰も近づくなオーラを放っている魔法師団長の息子、リディオ――ハシモト――の周りにもうろうろしているレディが何人もいるし、宰相の息子などは壁際に追い詰められている。騎士団長の息子だけは自分から手当たり次第に女の子に話し掛けているけれど。

そろそろと横を見てみると、テーブルの脇に立ち、目をきらきらさせてレオーネに話しかける隙《すき》を窺っているレディと目が合った。レオーネも狙われているのだ。これだけ可愛いければ当然だけれど、全然嬉しくない。

「レオーネ・ノーチェ、君の番だ」

ちょうどタイミングよく先生に呼ばれたレオーネはその場から逃げるように壇上に上がった。教壇に置かれた見たこともないほど大きな水晶に触れるように言われ、ぺたりとむちむち感の抜けない手を押し当てると先生が何やら呪文を唱え始める。水晶の内側に青みがかった光が灯ったのを見た男の子たちがおおと沸《わ》いた。

「あおいろだ！」

「せんせー、いくつ？」

先生がカラーチャートのようなものと照らし合わせ、もっとも近い色の下に記されていた番号を読み上げる
「三百二十一だね」

「さんびゃく！」

「しゅごい！」

どうやらレオーネの魔力量は群を抜いていたらしい。転生特典だろうか。それとも去年、蟲に吸われて魔力枯渇状態に陥ったせいだろうか。使えば使うだけ魔力総量が増えるというラノベの定番がこの世界にもあるかはわからないけれど。

席に戻ると、男の子たちが大騒ぎしたせいか、レディが増えていた。

「ごきげんよう。わたくし、ナントカこうしゃくけのカントカってもーしましゅ。れおしゃま、まりょくち、さんびゃくもあったの？　しゅごーい」

レオーネはお澄まし顔で微笑んでいるレディたちの顔を見渡すと、無言でフィオリーナに抱きつき花の香りのするうなじに顔を埋めた。

……無理。

やっぱりヴィルフレードの言葉に甘えて屋敷で勉強することにしよおかなああと考えていたら、レディたちに囲まれていたはずの王子の声が聞こえた。

「おまえ、なんだそのたいどは。れでぃたちにしつれいだろう。まさかみぶんがたかいから、なにをしてもゆるされるとおもっているんじゃないだろうな」

へ？　とレオーネは偉そうにふんぞり返っている四歳児の顔を見上げた。この子は何を言っているのだろう？

「れお、べつにみぶんをはなにかけたりしてないでしゅ」

「うそつけ。れでぃたちを、むししてただろうが。みぶんでなければ、まりょくすうちをはなにかけてるのか？」

苛立《いらだ》たしげにふわふわのプラチナブロンドを振り払うと、王子は短い中指で鼻の上にあるらしい見えない何かを押し上げた。

あ。

厭すぎることに気づいてしまったレオーネの鼻に皺が寄る。どうして気づかなかったんだろう。この仕草。この嫌味たらしい言い方。こいつ、前世で生徒会長だったスズキだ。

スズキとは高校の三年間同じクラスだった。もちろん当時は校則通りの黒髪に黒縁眼鏡を掛けており、苛ついた時は中指で眼鏡の位置を直すのが癖だった。

一見いかにも生徒会長らしいスズキは空気が読めないというか、的外れな正義感を振り翳《かざ》す面倒な奴だった。特にソラが嫌いらしく何をしても文句をつけてくる。

こういう奴には何を言っても時間の無駄だ。前世でははいはいごめんねと適当に流して済ませていたのだけれど、今世の自分は四歳児だった。

「でんかこしょ、みぶんをかさにきて、わがままかって」

言い返されるとは思わなかったのだろう。滑《なめ》らかだったエラルド王子の眉間《みけん》に可愛い皺が寄る。

「なに？　おれが、いつわがままを」

「せんしゅーの、ふくつー。けびょーでしゅよね」

フィオリーナとのお茶会をサボったことを指摘すると、サファイアのような青い瞳が泳いだ。レオーネはここぞとばかりに畳みかける。

「うしょつくなんて、さいてーでしゅ。でんかなんか、かあいいふぃーに、ふさわしくにゃい。れおがとーしゅだったら、たとえおーじでもとっくにこんやくはき、してましゅ」

もしレオーネが大人なら不敬罪で首が飛んだかもしれないけれど、現在の年齢は四歳。罪に問われることはない。全部幼な子の戯《ざ》れ言《ごと》で済まされる。これで王子が切れて婚約破棄してくれれば、ヒロインが王子ルートに入ったとしても妹が断罪エンドを迎えることはない。前世の溜飲《りゅういん》も下がるし一石二鳥だと思ったのだけれども、王子は言い返すどころか顔をくしゃくしゃにした。

「あ……あれ……？」

目にいっぱい涙を溜めてぷいっと教室から出ていこうとして、教師に捕まえられている。てっきり屁理屈を捏《こ》ねて何が何でもやり込めようとしてくると思っていたのに。

ていうか……何で泣いたんだ？　首を捻《ひね》っていると、拍手が聞こえた。見事な赤毛の男の子が芝居がかった仕草で手を叩きながら近づいてくる。

「やあ、オレはあるど・ふらーごら。ぱぱはきしだんちょーだ。いもーとのため、かかんにおーじにかみつくキミ、かっこよかったよ？」

「えっと、ありあと……？」

気がつくと教室中の注目がレオーネに集まってしまっていた。フィオリーナに至っては婚約者に喧嘩をふっかけたレオーネに眉を顰めるどころか、両手を胸の前で握り合わせてうっとりとした視線を向けている。

「おーじのやつ、こんなにかわいいふぃあんせをないがしろにするなんて、さいてーだな。オレもあいつのこと、えらそーだとおもってたんだ。ささいなことでねちねちねちねち、うるさいったらない。キミもそーおもわない？」

「えっ？　う、うん……」

空いていた前の席に後ろ向きに座り、机にむっちりとした肘を突いたアルドにいきなり話を振られたレディが頷く。四歳児が確たる意見など持っているわけがない、場の雰囲気に流されて頷いてしまっただけだというのに、アルドは我が意を得たりとばかりにパチパチ手を叩いた。

「なあ、みんなでさー、おーじにおもいしらせてやんねー？　こんどせっきょーはじめたら、きこえないふりすんだ！　おーじがゆーれーになっちゃったみたいに！」

まるでそれが楽しい遊びであるかのように提案するアルドにレオーネはぞっとした。王子は前世込みで嫌いだが、集団虐めなんかしていいわけない。レオーネは声を張り上げた。

「れおは、やんない」

「あ？」

アルドの唇が片方だけくいっと引き上げられた。四歳児とは思えない圧に膚を粟立《あわだ》たせつつ、レオーネは言葉を重ねる。

「おーぜーでひとりにいじわるなんて、きしどーにはんするもん」

魔法がもてはやされるこの世界においても騎士は男の子たちの憧れだ。レオーネの言葉で、すっかりやる気になり目をキラキラさせていた男の子たちの熱が引いた。女の子たちは賢いからノーチェ公爵家の子に楯突いたりしようとはしない。すっかり変わってしまった空気の中、アルドだけは依然として黒々とした笑みを浮かべている。

「んなこととゆーなよ。えーと、れおーねこうしだっけ？　そっきんこーほのオレがおーじにものいおーとしたってムリだってことくらい、わかんだろ」

「でんかがいけないことしよーとしたらとめるのも、そっきんのおやくめ。ものもーせないなら、そっきんをじたいしたらいー」

レオーネの目にはアルドが、物申せないどころか幼いうちに王子の心をへし折って己の支配下に置こうとしているように見えた。

随分と根性がねじ曲がっている。そもそも四歳児がここまで考えられるだろうか。それにこの貴族らしくない喋り方。もしかしたら、アルドも……？

アルドがちっちゃな舌を閃《ひらめ》かせ唇を舐める。

「うは、つーれつ。キミ、あたまいーね。オレ、あたまいーこ、すき。なあ、れおーね。オレのトモダチになんない？」

「やだ」

アルドのふっくらとした頬にえくぼが刻まれた。

「そんなことゆーなよ、おれたち、これからじゅーさんねんもおなじきょーしつですごすんだぜ？　なかよくしといたほーが、ぜったいいー。そーだ！　きょー、オレんちにあそびにこねー？　うちのこっく、まいにちくっきーやくんだ。でっかくてしろいいぬもいる」

「しろい、いぬ……」

フィオリーナが呟《つぶや》く。フィオリーナは犬が大好きなのだ。レオーネの心も揺らいだけれど、たとえ子供とはいえ貴族が予告もなしに人の屋敷を訪ねるなんてことをしていいわけがない。

「きゅーにゆわれたって、むりだから」

「えー。じゃあいつならいい？　あした？　あさって？　しあさって？」

しつこく食い下がられたけれど、授業の終わりを告げる鐘のおかげで、レオーネはアルドから逃れることができた。

それにしても、アルドってこんなキャラだったろうか。ほうとくたびれた溜息をつきながらレオーネは記憶をひっくり返す。ゲームの中のアルドは、騎士団長の息子らしく熱血な脳筋だった。王子の幼馴染みで、成人後も側近として王子に仕えると決めている。ヒロインがアルドルートに入ると、第二王子が王位につくため王子を毒殺する計画を立てているのを聞いてしまい、王子や父親である騎士団長に訴えるも信じてもらえず、このままでは王子が危ない、殺《や》られる前に殺らねばと剣を手に第二王子を襲おうとしたところで気づいたヒロインに『暴力に訴えるのは悪い人がすることよ。ちゃんと言葉を尽くして、第二王子に兄を殺そうとしてはいけないと説こう！』と説得されて話す機会を設ける。すると実は毒殺を企《くわだ》てているのは第二王子ではなく悪役令嬢だとわかるのだ。

このルートに入った場合、レオーネはほとんど登場しない。他のルートでもアルドとレオーネは仲良くなったりしないのに、なぜこんなにぐいぐいと来るのだろうともう一度溜息をついてふと横を見たらまたリディオと目が合い、レオーネはびくっと肩を揺らした。

+　+　+

その夜レオーネは、ディーナがおやすみなさいを言って部屋から出ていくとむっくり起き上がった。細められていた洋灯の光度を上げて学院入学に当たって買い与えられたノートを机の上に広げる。ゲームについて覚えていることや思いついたことを書き記しておこうと思ったのだ。

最初の目標だった虐待回避は達成されたと思っていいだろう。シナリオは変えられるという証左だ。次はフィオリーナが断罪される運命を変えたい。

何をすればいい？

断罪されるような悪いことをしなければいいとは真っ先に思いつくところだけど——レオーネは己の手の甲を見下ろす。ゲームではここに火かき棒を押し当てた痕がついていた。今世のレオーネは虐待などされていないのに同じ場所に同じ傷痕がある。毛虫に刺された痕だ。

この世界には、本来のシナリオを遵守《じゅんしゅ》しようとする力が働いているのではないだろうか。だとしたらフィオリーナも断罪されてしまうかもしれない。悪役令嬢にならなくても、冤罪《えんざい》やその他の偶然によって。

とはいえ破滅に至るシナリオは潰《つぶ》しておかねばならない。処刑されるのは王子ルートに入った時だけだから、卒業パーティー前に婚約解消すれば少なくとも死ななくて済むはずだ。

今日のレオーネの暴言で王子が婚約を破棄する気になってくれればと思いつつベッドに戻ったレオーネは、翌日、王子から妹宛てに花が届いたと聞いて地団駄《じだんだ》を踏んだ。今月のお茶会は日を改めてやり直すという。レオーネにもお詫びをしたい、学院では込み入った話ができないからお茶会に同行して欲しいという招待状が添えられていた。今更態度を改めたりしなくていいのに！

あっという間にやってきたその日、王子の招待に応じ王宮へと向かう馬車の中、レオーネは窓の外の景色を眺めるふりで考える。

王子に話を打ち明けて協力を求めてみようか？

いや、だめだとレオーネは唇を嚙む。なぜなら王子の中身はあのスズキだ。どれだけ説明したところで曲解されてとんでもないことになるような気しかしない。

そうだ、もしヒロインがいなくなったらどうなるんだろう。

頭の中でぺかっと電球が光った。ヒロインは物語の根本に関わる存在である。レオーネの手の傷痕のようにちょっと改変するくらいでは辻褄《つじつま》が合わない。修正が追いつかなくて、シナリオ全部が強制力をなくすのではないだろうか。

試す価値はある。今、ヒロインはどこにいる？

宰相ルートでヒロインたちは孤児院へ行く。その時ヒロインが、自分はここで育ったと言っていたはずだ。元々は国境近くの街に住んでいたが、隣国の侵攻に巻き込まれて親が死んだから王都まで流れてきたのだと。

ここでレオーネは首を傾げた。

侵攻？　レオーネの知っているこの国は平和そのものだ。そんなことがいつあったのだろう。

ざわっと全身に鳥肌が立つ。

もしかして、これから、なのではないだろうか。これからこの国は隣国の侵攻を受けて、大勢が死ぬ。

ヒロインが孤児になったのは何歳だったっけ。

レオーネは必死に記憶を探る。孤児院の柱がふっと頭に浮かんだ。ヒロインの名前で刻まれた傷の中で一番低い位置にあったのは。

——四歳の時のものだ。学院で同級生ということは、ヒロインはレオーネたちと同い年。侵攻が起こるのは今年だ。

馬車が王宮に到着すると、レオーネは自分で扉を開けて飛び降りた。驚いたことに王子が待ち構えていて、レオーネを見るなりぱあっと顔を輝かせる。

「れおーね！」

レオーネは走ってくる王子の横を駆け抜け、幸運なことになぜかいたヴィルフレードに飛びついた。

「でんか！　おはなし、きーてくだしゃい！　ひみつのおはなし！」

ちらりと王子を見てからヴィルフレードがレオーネを抱き上げる。

「はいはい、わかったわかった。ごめんね、エラルド。何か話したいことがあるみたいだから、レオーネを少し借りるよ」

そういえば仲直りのため呼び出されたんだったと思い出したレオーネはヴィルフレードの腕の中からエラルド王子を見下ろした。

「しょだ、えらるどでんか。れお、このあいだのこと、きにしてないでしゅ。れおのほーこそひどいことゆって、ごめんね？」

さっさと話を済ませたくておざなりに謝罪を済ませて立ち去るレオーネたちを見送るエラルド王子は、気のせいかもしれないけれど傷ついたような顔をしていた。

連れていかれたのはヴィルフレードの私的な居間だった。ロイヤルブルーを基調とした調度が品良く並んだ空間は落ち着いていて居心地がいい。ヴィルフレードがレオーネをだっこしたままソファに座ったことに、ん？と思わないでもなかったけれど、ちょうど誰かに抱き締めていて欲しい気分だったレオーネは不問にする。

ごくんと唾を飲み込んで、渇《かわ》いて仕方がない喉を潤《うるお》してからレオーネは切り出した。

「あのね、でんか。『甘い恋を召し上がれ♡』って、しってゆ？」

「……ごめんね、聞いたことがないと思うんだけど……それはお話か何かのタイトルかな？」

やっぱり。ヴィルフレードはここがゲームの世界だと知らないのだ。

「ううん。れおがぜんせでしっていた、げーむのおなまえ」

「げーむ」

レオーネは急き立てられるように捲《まく》し立てる。

「このせかいね、しょのげーむのせっていにそっくりなんでしゅ。おーじしゃまもきしだんちょーのむしゅこも、きゃらにいました。でんかも、れおもでしゅ」

「私たちはゲームの登場人物というわけか」

ヴィルフレードは真に受けてないようだ。長く形のいい指でレオーネの艶やかな黒髪を弄《もてあそ》んでいる。

「しょお。しょれでね、げーむのなかでこのくには、りんごくのしんこーをうけてたんでしゅ」

「侵攻？」

ヴィルフレードの指の動きが止まった。声も固くなる。

「どれくらいの被害が出たかわかるか？」

「わかんない……でも、げーむのひろいんは、りょーしんをなくしてましゅ」

躯が持ち上げられて向かい合わせに座り直させられた。ヴィルフレードと相対することになったレオーネは目を泳がせる。真顔の美形は圧が強すぎて目がチカチカした。

「ありがとう、レオーネ。すぐに人をやって調べさせよう。結果が出たら即、軍を動かせるよう、兄上にも話をする。この話、ノーチェ公爵には？」

あ。

言われてみればヴィルフレードは十四歳で、王族とはいえまだ何の実績もない。

もしかして、ヴィルフレード、何でこんな話を自分に持って来たんだろうと思ってる？　レオーネのしたことはヴィルフレードにとって、迷惑でしかなかった……？

ぽとん、と。水にインクを落としたように不安が広がる。

「えと、して、ないでしゅ。おもいだして、だれかにゆわなきゃっておもったとき、でんかのことしかあたまになかったから……。ちちぅえにゆったほーがよかったでしゅか？」

上目遣いに顔色を窺うレオーネにヴィルフレードはなぜか嬉しそうに微笑んでみせた。

「いいや、そういう意味で言ったわけじゃないよ。私に言ってくれてよかった。――それにしても、私のことしか頭になかった、か。ふふ」

両手で頭をわしゃわしゃされる。面倒くさがるどころか上機嫌なヴィルフレードにほっとしたけれど、一度生じた不安は消えなかった。

本当にこの人に言ってよかったのだろうか。自分が妙な話を持ってきたせいで困ったことに陥ったりしないだろうか。何せレオーネの情報には何の裏づけもないのだ

……なぜこんな、怖い夢を見た後のような漠然とした恐怖に自分は襲われているんだろう。レオーネはヴィルフレードの胸に頭をぐりぐり擦りつけた。

甘えていると思ったのか、ヴィルフレードがぽんぽんと頭を叩いてくれる。

「どうしてそんなことがわかったか説明できない以上、レオーネの名前は出さない方がいいんだろう？　大丈夫、私がすべていいようにしてあげる。さ、エラルドの部屋に送ろう。私は兄上に会いに行かなければならないからね」

そうだ。この人は王弟。いつまでもくっついているわけにはいかない。

レオーネはのろのろとヴィルフレードから離れた。床に下りると、身長差がありすぎて簡単には顔が見えないのをいいことに、きゅっと唇を噛み締める。

+　　+　　+

エラルドの部屋に行くと、お茶会はもうお開きになっていた。王子が癇癪《かんしゃく》を起こしたらしい。何のために妹と自分を招待したのかとレオーネは呆れる。

ヴィルフレードにすべてを打ち明けた後も、レオーネの日常に変化はなかった。隣国関連のニュースも流れてこない。日々は平穏そのものだ。

学院では魔力制御の授業が始まったし、王子は前世と同じくレオーネが気に入らないらしく些細な瑕疵《かし》を見つけてはねちねちと『注意』しに来る。逆にアルドには気に入られてしまって、学院にいる間中つき纏われているような状況だし、リディオは相変わらずレオーネを凝視している。

平和なのは喜ばしいことであるはずなのに、レオーネは落ち着かなかった。

侵攻なんか本当はなかったら、どうしよう。

その場合、レオーネは嘘をついたことになる。ヴィルフレードのしたことは全部無駄になるし、侵攻があるかもしれないと言われて備えた人たちはヴィルフレードを狼少年《おおかみしょうねん》のように思うかもしれない。もしそんなことになったら、レオーネの責任だ。

どうしてだろう、不安で不安で仕方がない。平穏なのは殿下の働きのおかげで侵攻を阻止できた結果かもしれないのに、全部が悪い方にいくことばかり想像してしまう。

前世でもそうだった。ソラが小説を書き始めたのは、厭な記憶ばかり引っ張り出しては鬱々《うつうつ》と捏ね回す悪癖があったからだ。そのたびに消えてしまいたいような気持ちに苛《さいな》まれていたソラが思いついたのが、楽しい物語を考えることだった。人間は同時に二つのことを考えられない、お話作りに熱中すれば自分を虐めずに済む。

生まれ変わったっていうのに、自分はびっくりするほど何も変わっていないようだった。

でも、今は目を瞑り耳を塞いで楽しい物語だけ紡いでいるわけにはいかない。今度こそ誰も悲劇的な運命に見舞われないよう見張っていないとと考え、レオーネはふと疑問に思う。

自分は一体何について考えているのだろう?

——『甘い恋を召し上がれ♡』のシナリオについてだ。そのはずだ。そのはずだけれど何かが間違っている気がして。レオーネは掌に爪を立てる。

＋　＋　＋

再びヴィルフレードに会えたのは、一ヶ月後だった。

「あー！　でんか！」

最初に気がついたのは庭で一緒に遊んでいたフィオリーナだった。弾かれたように顔を上げたレオーネは目をまん丸にする。ヴィルフレードが大きな花束を抱えていたからだ。

見たことのない花だ。おまけに白かったヴィルフレードの膚が陽に灼《や》けている。ヴィルフレードは一体どこに行っていたのだろう？

「久し振りだね。フィオリーナ、レオーネ。はいこれお土産」

差し出された大きな花束を反射的に受け取り、レオーネはハーブのような香りの強さに驚いた。

「これ、なんのおはな……？」

「名前は何だったか。シュグにしかない花らしい。寝る時に枕元に飾るとよく眠れるという話だ」

「しゅぐ……？」

「レオーネはまだ知らないかな？　美しい滝と湖で有名な国境近くの街だ」

レオーネは頭の中の辞書を引く。シュグ。女神教の大神殿がある街だ。ちなみにこの辺りの国は皆、女神教の敬虔《けいけん》な信徒である。どこの国もシュグを所有したいと願っており、チョッコラータ王国は何度もシュグを欲する各国の侵攻を受けてきた。つまりゲーム内の隣国の侵攻とは、シュグを巡るものだったのだ！

「でんか、こっきょーまでいったんでしゅか……？」

ヴィルフレードは王族とはいえ、まだ学院高等部の学生だ。紛争が起こるかもしれない土地に先陣を切って行くようなことはない。――そうレオーネは思っていた。人を遣ると言っていたからてっきりヴィルフレード自身は安全な王都にいるものだと思っていたのに。シュグまで行っていたのだと察したレオーネは動揺する。

――もし一つ間違えていたら――。

「軍の知り合いに頼んで調べさせたら確かに国境近くに隣国の軍が集まっていたからね。私はまだ十四歳だけど、転生者だろう？　以前うっかりこの世界にない知識をひけらかしてしまって特別扱いされているんだ。王都からじゃ何かと時間がかかるし、現地にいた方が話が早いので足を運んだけど、国境近くの領主に頼んで掻き集めさせた領兵を目立つところに飾っただけで目論見通りに行かないと理解したのか軍を引いてくれたから、遊びに行ったようなものだったよ」

簡単に言うけれど、国のほぼ中央にある王都から国境近くまで移動するのに馬を飛ばしても一週間はかかる。王都を出たらインフラなんか整っていないし、旅はとても快適とは言えないものだったはずだ。

「れお……いいだしっぺのくせに、おーとでのーのーとしてた……」

申し訳なさに、受け取った花束に顔を埋めたら、花束を取り上げられてしまった。

「レオーネ」

ヴィルフレードがしゃがみ込んで視線を合わせる。

「私が今、して欲しいことが何かわかるかい？」

レオーネには肩に花束を担ぐように持ったヴィルフレードのかっこよさしかわからない。

「じゃあ、フィオリーナに聞いてみようか。フィオリーナはレオーネのお願いを聞いてあげたことがあるかい？」

爪の先ほどの宝石がついたピンをゆるふわに巻いた髪のあちこちに挿《さ》したフィオリーナが顔を輝かせた。

「ある！　ふぃーね、どんなぶれーなことゆわれても、えらるどでんかをぶっちゃだめってゆうれおにーしゃまのおねがい、ちゃんとまもってるよ」

ぷっと吹き出したヴィルフレードがバランスを崩してしまい、床に手を突いた。

「エラルドは君たちにぶちたくなるほど無礼なことをするんだ？」

「ふぃーのことはむしするだけ。れおにーしゃまにだけ、しゅっごくしつれい！」

「なるほど。それで、フィオリーナがちゃんと我慢できたら、レオーネは？」

フィオリーナの頭が僅かに傾げられる。

「ありがとうって。えらかったねって、いいこ、いいこしてくれる」

ヴィルフレードとフィオリーナが揃ってレオーネへと視線を向けた。まさかと息を呑んだレオーネは続く言葉に、ちんまりとした両手で顔を覆ってしまう。

「レオーネ。頑張った私を褒めてはくれないのか？」

やっぱり！　確かにウルトラ可愛いレオーネのよしよしは、ご褒美になるだろうけれど。

期待に満ちた眼差しを浴びせられたレオーネは冷や汗を掻きながらあれやこれやと考える。逃げ道は見つからない。幸いディーナは少し離れたベンチでモニカとのお喋りに夢中になっておりこちらを見ていないようだ。

どっちにしろお礼は言わなければならない。レオーネは覚悟を決めると、恐る恐る手を伸ばした。頭を撫でて、ありあと、と小さな声で伝えると、ヴィルフレードが嬉しそうに破顔する。

「どういたしまして。ふふ。これはいいね」

レオーネと同じくらい懐いているフィオリーナが、ヴィルフレードの背中にのし掛かった。

「ねえね、しゅぐのおうちって、ぜーんぶかべがしろくて、やねがかいがらみたいってほんと？」

ヴィルフレードは花束が潰されないようレオーネに渡しながら返事をする。

「ああ、よく知っているね」

「ひがしずむとき、みずうみのおさかなさんがいっせいにはねるってゆーのも？」

「本当だよ。壮観だった」

レオーネは花のにおいを嗅ぎながら耳を澄ませる。義母やモニカが教えてくれるのだろう。フィオリーナは時々、レオーネが知らないことを知っている。

貝殻《かいがら》みたいな屋根ってどんななんだろう。跳ねるってことは魚釣りもできたりするのだろうか。

見てみたいけれど、大人になるまで無理だろうと思っていたらヴィルフレードがとんでもないことを言いだした。

「そうだ、レオーネ。シュグに行ってみないか？」

いきなり何を言いだすのだろう。

「……れお、よんさいじ」

「だから？　私は王弟殿下だよ？　できないことがあると思う？」

これが権力の濫用《らんよう》か！

「ふぃー、おふねにのりたい！」

レオーネよりフィオリーナの方がその気になっていたけれど、ヴィルフレードは首を振った。

「あー、すまない。フィオリーナは女の子だから」

「だめなの？　じゅるい！　どおして⁉」

「……私が幼女趣味だという噂が流れるかもしれないだろう？」

ぶふっとレオーネが吹き出した。

「ふぃー、うわさなんか、きにしないよ？」

「私と結婚することになってもいいのかい？」

さすがにこの言葉には、フィオリーナも愕然《がくぜん》としたようだった。もちろん、レオーネもだ。

ヴィルフレードの背中に張りついたままだったフィオリーナをべりっと剝《は》がして抱き締める。

「れおのおめめがくろいうちは、けっこんなんかゆるしましぇん！」

「もうエラルドと婚約しているのに？」

「えらるどは、そのうちないないしゅる」

エラルドとは婚約しただけでまだ結婚したわけではない。そして結婚するまでまだ十年以上ある。

その間に婚約をぶち壊す気満々のレオーネである。

わあわあ騒いでいたらモニカがすっと寄ってきた。

「ノーチェ公爵が帰っていらっしゃいました。挨拶されるなら、ご案内します」

「ああ、ちょうどよかった。レオーネ、ちょっと行って公爵から許可を貰ってくるよ」

「え？　えええええ？」

レオーネは唖然《あぜん》とする。本当に王弟殿下の威光でごり押しする気なのだろうか。レオーネは追いかけていこうとしたけれど。

「レオーネさまとフィオリーナさまはお昼寝の時間ですよ」

ディーナに捕まったレオーネは小脇に抱えられて寝室へと連行されてしまう。

+　+　+

一週間後、レオーネは学院を休み、トランクを積んだ馬車に揺られていた。まさかの展開に白目を剝《む》きそうだったけれど、シュグへの旅行は予想より遙かに楽しかった。

四歳児ということでディーナがついてきたけれど、ばしゃあきた、おうまのりたいと駄々を捏ねればヴィルフレードが馬に乗せてくれるし、馬に二人乗りすれば内緒話のし放題、前世の話も解禁だ。慣れたつもりでいたけれどこの世界の四歳児らしく振る舞うのはストレスになっていたらしい。言葉を選ばず前世ネタで盛り上がれば胸がすく。

あちこち観光して名物料理に舌鼓《したつづみ》を打った。王都では許されない町歩きも楽しむ。花のにおいだろうか、あちこちで甘いにおいがした。ヴィルフレードはこのにおいが漂ってくるとそわそわする。この花が好きなんだろうか。

シュグに到着するとヴィルフレードは女神教の神殿や聖地など、一般の観光客には入れない場所まで案内してくれた。ここに来たからには挨拶しなければいけないからちょっとだけつきあってと連れていかれた先で大神官さまに会うという恐ろしいサプライズもあったけれど、概ねは純粋に楽しかった。

湖畔の宿に泊まって水遊びもしたし魚釣りもした。毎日夕暮れには宿の窓から、フィオリーナが言っていた通り何千という魚が湖で跳ねるさまを見た。

レオーネが知らなかっただけで、この世界は奇跡みたいに美しかった。

「どしてれお、ここにてんせーしたのかな。れおがここにいることに、いみってあんのかな」

興奮して身を乗り出したら、何に引っかかったのか、結び目が解けて魔結晶を落としてしまいそうになったので、レオーネは少し考え、チョーカーのように首に巻き直した。後ろでリボン結びにされた魔結晶を見たヴィルフレードの目元が甘く蕩《とろ》ける。

「神さまが何を思ってレオーネを転生させたのかはわからないけれど、私が転生した理由はわかるよ。――君に会うためだ」

思わず見上げて見たヴィルフレードの青い瞳は星以上に煌《きら》めいていた。吸い込まれてしまいそうになったレオーネは小さな両手でぱちんと己の頰を張る。

「レオーネ？」

「れお、かえったら、あたらしいしなりおの、ぶらっしゅあっぷにとりかかるでしゅ」

「おーい」

「しんこーのめ、つんだから、ひろいんはこじになんないし、がくいんにこない。げーむはかいしすらしないはずでしゅが、ねんのため、じゅーよーきゃらをてなじゅけて――ぷきゅっ」

ヴィルフレードに後ろから抱き込まれてふっくらとした頰を潰され、レオーネは赤ちゃんの玩具のような声を発した。

「そういう返しはないんじゃないか、レオーネ」

「えと、えと、じゃあ、れおもでんかにあえてうれしー？」

無理矢理捻り出しましたと言わんばかりの言葉に返ってきたのは淋しそうな苦笑だった。

「……まあいいか。今は、それでも」

今はってどういうことだろう。将来的に何を言わせる気なんだろう。

これが小説やゲームならときめきイベントのフラグで間違いないけれど、レオーネにはわかっている。これは現実、下手に深読みして、期待なんかしてはいけないのだと。

レオーネの中身はソラ、前世では全然モテなかったのだからヴィルフレードのような美少年を射止められるわけがない。外見《スキン》が整っているだけ前世よりマシかもしれないけれど、中身が伴わなければ好意は長続きしない。大きくなって可愛さだけで勝負できなくなっても愛されるよう、前世で自分の何が他人の悪意を誘ったのか解明し改善しなければ、いつ何がどうなるかわからない。

――怖くてヴィルフレードの好意を受け取れない。

この人がずっと自分を好きでいてくれたらいいのに。そうしたら――そうしたら。

湖に火球のような太陽が沈んでゆく。魚たちが跳ねるのをやめ、静かな夜がやってくる。

四、きしだんちょーのこ、あるど。

「よう、レオーネ。今日はまた一段と麗しいじゃねーか」

いきなり尻を鷲掴みにされ、レオーネは持っていたフルートグラスを落としそうになった。きっとなって振り返った先には、にやにやしているアルドがいる。アルドもまた卒業パーティーにふさわしく着飾っていた。

「信じられない……！　普通、人の尻を触る⁉」

「卒業したらもうこの美尻に触る機会なんかないのかと思ったら、手が勝手に動いたんだ」

右手を掲げてわきわきさせるアルドは騎士団長の息子で、華やかな美男子に成長していた。見事な赤毛を後ろだけしっぽのように長く伸ばしてリボンで結んでいる。ヴィルフレードと張る長身だけど、ポケットに手を突っ込んで背中を丸めているせいで台無しだ。レオーネが知っているゲーム中のアルドは猫背ではなかったし、間違ったことは許せない正義感の強いキャラクターだったのに、外見以外、見事に乖離《かいり》している。

「最低。わたくし、あなたには何度も言いましたよね。お兄さまに近づかないでって。あなた、今日のパートナーはどうしたんですの？」

「さあ？　来てねえんじゃねえの？　誘ってねえし」

「卒業パーティーには婚約者を連れてくるって決まってますのに……！」

この男には親の決めた婚約者がいる。でも、関係は最悪だ。この男が婚約者を顧《かえり》みようとしないせいだ。大事な行事で婚約者扱いされず、相手の令嬢はどれだけ傷ついたことだろう。

「もう我慢なりませんわ。これまでのお兄さまへの態度と併せて、ヴィルフレード殿下に報告します」

「え、タカトリ⁉　やめろよオレが、殺されちゃう」

「タカトリ？　何であれ、自業自得です！」

タイミングよく、高位貴族の卒業生たちから挨拶されるため傍を離れていたヴィルフレードがいい笑顔を浮かべて戻ってくる。

◆　◆　◆

公爵家に戻ると、一通の招待状が届いていた。

広げて一番下を見てみるとフラーゴラとある。騎士団長、つまりチャラ男・アルドの家からだ。

「……おちゃかい？」

もちろんレオーネは断ろうと思ったのだけれども、義母に紋章入りの便箋《びんせん》を貰いに行ったら、もう伺うと返事をしたと言われた。唖然としたが、レオーネは四歳児である。普通なら判断力など皆無だし、親が可否を決めるのは当然だけれども。

「いきたくないいいい……」

「何を言っているの。フラーゴラ家の息子さんは王子の側近になることがもう内定しているんでしょう？　侯爵ではあるけれど歴史ある名家だし、縁づくにはもってこいの家柄だわ。それにやっぱりやめるなんてみっともないことを言えるわけないでしょう。ディーナ、準備をしてあげてちょうだい」

義母はどうあってもレオーネをフラーゴラ侯爵家に行かせる気らしい。

仕方がないので、準備に取りかかる。開催日までもう三日しかないらしいので、学院を休んで仕立屋を呼んだ。採寸とどんな生地を使ってどんなデザインにするのか決めるので一日、仮縫いと別の商人を呼んで靴やピンなどの小物類を吟味《ぎんみ》するのに一日、納品と仕上がりの確認をしたらもうお茶会前日だ。並行してマナーを叩き込まれ、レオーネはへとへとになった。

一人で学院に通っているフィオリーナは帰ってくるとその日あったことを報告してくれる。

「れおにーしゃま、あるどね、しゅっごいきもちわるいの。いちにちじゅー、にやにやしてるのよ」

レオーネがいない隙を狙いまんまと屋敷への招待を成功させたアルドの得意顔が容易に想像でき、ますます嫌気が差してきた。

「……いきたくないいい……」

言葉や行いは軽薄だが、身分が高く顔も悪くなく親しみやすいアルドはちゃんと女の子にモテる。自分などに構わず女の子と遊んでいればいいのに、なぜちょっかいを出してくるのだろう。

「やっぱりあるどもてんせーしゃなのかな。しょれで、れおもなかまだってきづいちゃったのかな。れお、あーゆーちゃらいひと、にがてなのに。だからしおたいおー、こころがけてたのに」

「しおたいお？」

フィオリーナが首を傾げる。何も知らないフィオリーナの無垢《むく》さが荒《すさ》んだ心に染みる。レオーネが思わず頭をなでなでするると、フィオリーナはくすぐったそうに首を竦めてくすくす笑った。

ともあれ満を持した四日目、すっかり支度の整ったレオーネはお出掛けの前に挨拶をしようと父公爵の部屋を訪ねた。でも、どれだけノックをしても返事がない。やがて音を聞きつけてやってきた使用人が教えてくれた。

「旦那さまは坊ちゃまがシュグに出発されてすぐ領地へと向かわれまして、まだ帰っていらっしゃいません」

レオーネは眉間に可愛い皺を寄せる。貴族の子供の養育は子守りに委ねられ、親は気が向いた時しか関わらないのが普通だ。同じ屋敷に住んでいても会わないから動向を把握できないし、わざわざ教えてくれる人もいない。

——父公爵はずっといなかった？　つまり今回のお茶会のことを父公爵は知らない？

そうと知った途端、真夏の雨雲のように不安が湧き上がってきたけれどドタキャンなどできない。

王都内にある騎士団長の屋敷に向かう。

いかにも武人の家らしい無骨な造りの門を潜ると、アルドがそわそわと屋敷の前で待っているのが見えた。

「れお！　ようやくきてくれたな！」

馬車から降りるなり抱きつきそうな勢いで走ってきたので、レオーネはわざと丁寧に一礼する。

「ごしょーたい、ありあと」

「どーいたしまして、だ。はいれよ」

折角マナーを覚えてきたというのに、アルドはそんなもの知らないとばかりにレオーネの手を引っ張った。通された部屋のテーブルには美味しそうな菓子が山のように用意されていたけれど、椅子も茶器も二人分しかない。お茶会というのだからてっきり他にも誰か——王子とか側近仲間とか——が招待されているものだとばかり思っていたレオーネは眉間に皺を刻んだ。

「しょーたいきゃくは、れおだけ？」

「そ。そのほーがゆっくりはなしができるだろ？　まずはおちゃをどーぞ。このおかしはオレのおきにいり。たべてみろよ」

「いただきましゅ」

レオーネはさてどうすれば早く帰れるだろうと思いながら勧められるまま茶を飲み、気づいたら全然知らない部屋のベッドに横たわっていた。

「？　？　……⁉」

まさか一服盛られた⁉

レオーネは飛び起きると、両手で自分の躯を叩くようにして確かめる。よかった、まだ何もされてないようだ。とにかく帰ろうと、部屋から出ようとしたら扉に鍵が掛かっていた。窓はすべて嵌め殺しだ。

心拍数が上がってゆく。

鍵を探し、ライティングデスクの引き出しやベッドの下を検《あらた》める。キャビネットの引き出しを引っ張り出してみてレオーネは凍りついた。

服が入っていた。寝間着や部屋着、下着類一式。どれもレオーネ自身のものだった。

わかった。義母だ。あの女がレオーネを売ったのだ。アルドに！

「うもー！　ありえない！」

幼な子の感情容量は小さい。癇癪を爆発させたレオーネは手頃な椅子を摑むと、一番大きい窓に叩きつけた。粉砕されると思いきや、窓硝子はごんっという鈍い音を発しただけで椅子を跳ね返した。

「あはははっ。れおってば、すげーことすんな。ぱぱはここまでするひつよーはないだろってゆったけど、てをぬかなくてよかったぜ」

朗《ほが》らかな声にさっと顔を向けると、アルドが扉を潜って入ってきた。誰かが外から即座に鍵を掛けたらしい。かちっという小さな音がする。これはアルドの単独犯行ではないのだ。

「あるど。ここ、どこ」

アルドがひっくり返った椅子を拾って元あった場所に戻した。

「れおのへや。れおがねてるあいだにとびらにもまどにもふーじのまほーをかけてもらったからそとにはでられねーぜ」

「なんでこんなことしゅるんでしゅか！」

噛みそうになりながらも精一杯怖い顔を作って怒るレオーネに、アルドは困ったように笑った。

「きまってんだろ。すきだからだ」

間違いなく四歳児のアルドが、その瞬間だけひどく大人びて見えた。

レオーネは確信する。やはりアルドは転生者だったのだと。でも、好きだなんて冗談にしても質《たち》が悪かった。

「しんじらんねーかもしれないけどさ、ゆめ、みたんだ。ぜんせのゆめ。オレはきむらってなまえだった。ぜんせでも、オレはおまえがすきで、でも、おもいをとげられなかった。だからかな。にゅーがくしきでひとめみたしゅんかん、わかったんだ。おまえとまたあえたのは、うんめーだって」

やたら見ていたのは、黒髪黒目のせいではなかったのだ！

レオーネはぎちぎちと音がするほど強く奥歯を噛み締めた。

胃の腑《いふ》が浮くような厭な感覚がさっきから消えない。

「れおはしゅきじゃない。おしょと、だして」

「やだ。だいたいさー、すきじゃなくても、すきになってもらえばいーだけのことじゃん？　いっとくけど、たすけなんかこねーぞ。おまえはオレに、せーしきにじょーとされたんだ」

「じょーとって……ひとのこと、ものみたいに……」

「おめがなんて、ものみたいなもんだ」

「おめ、が……？」

レオーネは慄然《りつぜん》とした。

まさか、オメガというのは前世の創作作品の中で流行《はや》っていたオメガバースのオメガのことだろうか。

男女の性以外に第二の性がある、それがオメガバースだ。第二性はアルファ、ベータ、オメガの三つに分かれているが、オメガ性の者は男でも女でも子供を産める。発情期があることから大抵の作品で蔑視《べっし》されており、子を産むための道具のように扱われることも多い。

でも、『甘い恋を召し上がれ♡』にはオメガバース設定なんかなかったはずだ。

「きーてねーの？　じぶんがおめがってこと。このせかいでは、どれーはきんしされてるけど、おめがはべつらしーぜ。あるふぁとつがえば、ゆーしゅーなこをうむ、きしょーないきものだからな。

ほごするためにもそーそーに、しょゆーしゃがさだめられる。おまえはこれからずっとここにいて、オレのこをうむんだ」

「やっ」

アルドに突き飛ばされ、レオーネはベッドの上に仰向けに倒れた。起き上がろうと思ったけれど、アルドにのし掛かられて動けなくなってしまう。

——う、嘘だよね。僕、四歳児だよ……？

レオーネはぎゅっと目を瞑った。

「はむっ」

ゲームのスチルでは無駄な肉なんて一つもついていないようなキャラだったけれど、今のレオーネは幼な子、頬は幼な子らしくぷっくりと下ぶくれになっている。そのレオーネの頬を、アルドが甘噛みした。もちもちの感触を楽しむように、あぐあぐと。

短い指にうなじを探られ、膚の下がざわめく。何かに引っかけて落とさないよう、固結びしてからリボン結びした魔結晶の紐をアルドが引っ張って外そうとしているのだ。

——いやだ。

喉元の魔結晶がかっと熱くなる。目の裏がチカチカして、目の前の景色に別の寝室が重なった。デスクトップ型のパソコンやレトロなスピーカーが並んだスチールラックに硝子デスク。黒を基調に整えられた部屋にはウォーターベッドがあって、慣れない沈み込みに手間取っているうちに、四歳児なんかじゃない、手も足もソラよりずっと長い、大人の——キムラ、くんが……。

そうだ。あんな目に遭わされたのにどうして忘れていられたんだろう。この男は、キムラだ。

「やー！」

ぎゅっと目を瞑ってレオーネが叫んだ時だった。扉が勢いよく蹴破られた。

「レオーネ、無事か⁉」

ヴィルフレードだ。助けに来てくれたらしい。レオーネに跨《また》がってほっぺたの弾力を堪能していたアルドがぽいっとベッドの下に捨てられる。

「でんか……っ」

両手を伸ばしてだっこをねだると、ヴィルフレードは望み通りぎゅっぎゅしてくれた。

「くそ、ほっぺたにこんなにくっきりとした歯形が……！　怖かったな。でも、もう大丈夫だ」

じんじんと痛み熱を持っている頬を撫でられたら、ぶわっと涙が込み上げてくる。中身は三十三歳だが、脳が四歳児だからだろう。今世のレオーネは複雑な思考が苦手だし、感受性が豊かなのだ。

ベッドの下から額を押さえたアルドが出てくる。

「てっめ、オレがだれだか、しらないのかっ⁉　いますぐ！　れおを！　かえせ‼　ぱぱにいーつけるぞ！」

レオーネと同じく、中身は三十男であるはずのアルドが息巻く。だがもちろんそんな攻撃がヴィルフレードに効くわけがない。

「君こそ私が誰か知らないのか？　私はヴィルフレード・チョッコラータ。この国の王の弟で、悪いが君のパパよりずっと高位にある。君がレオーネにしたことは後で正式に侯爵に抗議し、相応の罰を与えてもらう。覚悟しておくんだな」

「はあ⁉　ふざけんなっ、れおはオレの、うんめーのつがいだぞっ」

「いいや、違う。レオーネは私のものだ」

レオーネは身震いした。

運命のつがいというのはオメガバースでよくある設定だ。アルファやオメガには生まれた時から特別な一人がいるという、誰もが大好物なテンプレ設定。そんな設定までこの世界にはあるらしい。

そしてアルドは自分とレオーネが運命で結ばれていると思っている……？

——そんなことがあるわけない。だってキムラくんは……僕のことがキライだった……。

「くそっ、おまえ、タカトリだな？　またオレのじゃまをするきかっ⁉」

アルドが怒鳴る。まるでブレーカーがぱちんと落ちたみたいに、レオーネの思考が止まった。

……タカトリ？

「レオーネ？　大丈夫か？」

「え？」

気がつけばヴィルフレードとアルドが動きを止め、レオーネの顔を覗き込んでいた。

レオーネはゆっくりと頭を傾ける。この二人は何を心配しているんだろう。

アルドと相対していた時は笑みさえ浮かべていたヴィルフレードの顔色が悪い。美形は余裕のない顔でさえ見応えがあるなと思っていると、抱き上げられた。部屋を出るつもりだったのだろうけれど、扉を通り抜けようとしたらばちんっと音がして膚がびりびりする。アルドが仕掛けた魔法のせいだ。

でも、それもヴィルフレードが掌を翳してむにゃむにゃ何か言うと解除できたようだった。

廊下には使用人らしき人がぞろぞろいたけれどもちろん王弟殿下相手にできることなどなく、ヴィルフレードは悠々と玄関ホールを通り抜け外に出ると、待っていた馬車に乗り込んだ。

ふかふかの座席に落ち着いたら、今更のように震えがきて、レオーネは己の躯を抱き締める。大したことをされたわけでもないのに、がちがち奥歯が鳴るのを止められない。

なんでだろ。

キムラのせいだ。

目を閉じるとまた、前世風のウォーターベッドのある部屋が脳裏に浮かんでくる。

同性だったから何の警戒もせず遊びに行ってソラは押し倒された。自分のことをモブ顔のどこにでもいるような男でしかないと思っていたソラは、それまで見せていた人当たりのいい顔をかなぐり捨ててあたたかななめくじのような唇を押しつけてきたキムラが怖くて、怖くて、怖くて、おかしくなりそうだった。今日まで綺麗さっぱり忘れていたけれど。

——忘れていた？　僕は忘れっぽい人間だったみたいだけど、こんなにも強烈な記憶を忘れるなんて、おかしくない？

転生した時に忘れたい記憶を封印でもしたのだろうか。だから転生する直前のことも思い出せないのだろうか。

ヴィルフレードが肩を抱き、優しく囁く。

「よしよし、怖かったな。でも、もう泣かなくていい。キムラには二度とレオーネに手を出させないから」

「……ほんとう？」

「本当だよ。どうしても不安なら騎士団長に言って、辺境の騎士団に修行に出させようか？」

ふ、とレオーネは笑った。騎士団長はこんな蛮行《ばんこう》に手を貸すほど息子を可愛がっているのだ。そんな要求を聞くわけがないのは明白だったけれど、自分を安心させたいがゆえのヴィルフレードの気持ちが嬉しかった。

「その顔。できないと思っている？　だとしたらレオーネはまだ私のことをよくわかっていないね。君たちが生まれるまでの間に転生者の知識を使って色んなことをしたから、父も兄も私を畏怖《いふ》している。魔王みたいだと言われたことだってあるくらいだ。私の望みは必ず叶えられる。フラーゴラ侯爵家を潰すくらいわけない」

うわあ。

ゲーム内でのヴィルフレードのキャラクター設定を思い出し、レオーネは納得した。ヴィルフレードは優秀すぎて王に己の地位を脅《おびや》かすのではないかと恐れられていた人だったからだ。ゲーム内では迫害に甘んじ、ヒロインが王弟ルートに入った時だけ牙《きば》を剝いていたけれど、この世界では既に先代の父王も、現在の兄王も制圧済みだったらしい。

レオーネはすんっと洟《はな》を啜り上げると、芽キャベツのような拳でぐしぐし目元を拭った。

「たしゅけてくれて、ありあとー。れもでんか、どしてれおがここにいること、わかった？」

お茶会に出掛けることさえレオーネはヴィルフレードに言っていない。

ヴィルフレードは身を屈《かが》めてレオーネの胸元に光る魔結晶にキスした。

「これが知らせてくれたんだよ。レオーネがどこにいるのかもね」

捩《よじ》れていたリボンが直される。御者との間にある小窓が閉じているのを確かめてから、レオーネはヴィルフレードに囁いた。

「でんか。あるどもてんせーしゃだった」

それもやっぱりソラが高校時代に同級生だったキムラだ。

キムラは陽キャのパリピだった。サッカー部のエースで、明るくて、男女問わず誰とでもあっという間に友だちになれる。よく馴れ馴れしいぞ敬語を使え！と怒っている先生たちだってキムラのことを可愛がっていたし、女子たちはキムラ軽すぎてないわ〜なんて言いつつバレンタインにはチヨコを用意し、卒業式の日には泣いていた。

キムラは取り立てて目立つところのないソラにもよく絡んできた。キムラと遊びたいと思っている人なんて他にもたくさんいるだろうに、カラオケ行こーぜとか、放課後一緒に勉強しねえ？とか言って誘ってくれる。不思議だったけれどキムラと一緒にいるのは楽しかったし、自分のことを友だちとして好いてくれているんだと思ったから都合がつく時にはつきあっていた。でも、そうじゃなかったんだって、初めてキムラの家に遊びに行った時にわかった。

キムラにとってソラは獲物だったのだ。ソラを選んだのは要領が悪くて、他の連中より御しやすそうに見えたから。それだけ。

「そうみたいだね」

「でんか、おめがばーすってしってゆ？」

ヴィルフレードが幼な子に赤ちゃんの作り方について聞かれた大人のような顔をした。

「もちろん。前世とは違うこの世界の理《ことわり》の一つだ」

「れお、しらなかった」

「……小さな子は知らなくていいことだからね。でも、君の産みの親はオメガだったはずだよ」

レオーネは顔を顰める。父公爵が母に手をつけたのはだからだったのだ。

「れお、あるどに、おめがだっておもわれてた」

「……それは」

「なんでかなあ。たしかにれおはかあいーけど、おっきくなったら、しゅっとしたびけーになるよてーなのに」

影のある美形だから、アルファである可能性も充分あると鼻息を荒くしていると、ヴィルフレードが小さく咳払《せきばら》いをした。

「……その点については謝らなければならない。実はシュグに行ったのは、レオーネにバース判定を受けてもらうためもあったんだ。女神教の神官にはそういう異能があって、献金を用意してシュグへ行けばバース性を教えてくれる。アルドがオメガだと断定していたということは、その結果がどこからか漏れたんだと思う」

レオーネはまじまじとヴィルフレードを見つめた。ということはつまり、この人は自分に黙ってバース判定をしたのだ！　父公爵が四歳児と王弟という変な取り合わせで旅立つのを許してくれたのも、そういうことだったからなのだろう。

「じゃ、じゃあ、れお、ほんとーにおめがなの……？　あるど、れおのこと、せーしきにじょーとされたってゆってたけど、そゆことも、ありえる……？」

「残念ながらこの世界のオメガは絶滅危惧種《きぐしゅ》と言われるほど数が少なく特別視されているんだ。オメガは美しく多産だし、アルファにとってオメガを求めるのは本能だろう？　苛烈《かれつ》な奪い合いが繰り返された末、今ではオメガを得たアルファはすぐ国に届け出ることになっている。主であると認められた者以外手を出せないようにするためにね」

何、それ。オメガは必ず誰かアルファに所有されなければならないってこと？　本人が望んでなくても？

「れお、あるどのとこにいなくちゃいけないの……？」

「いいや、キムラがどんなに頑張ったところでオメガは奴隷ではないし、一度つがったら相手を違えることができない生き物だからね。既に誰かとつがいになってしまっていたら届け出は突っ返される」

「つがい……」

「うなじを噛んだ者だ」

そうだったそうだった、オメガはアルファにうなじを噛まれることで、つがいになってしまうんだった。

「んじゃ、だれかに、うなじをかんでもらえばいい……？」

「レオーネ」

手を握られ、レオーネは、ん？と思った。

ヴィルフレードの顔が近い。

ヴィルフレードは綺麗だから、間近からじいっと見つめられると目がチカチカする。太陽と同じだ。

「その役目、私に与えてくれないか？」

「……」

耳が捉えた言葉が信じられなくて、レオーネは押し黙る。

ヴィルフレードがうなじを噛む。つまり、レオーネのつがいとなる？

ありえない！

「ありあと。でも、おきもちだけでけっこーでしゅ」

「迷惑なんかじゃない。むしろ私にとっては願ってもない話だ。聞いて。私はまだ誰とも婚約していないだろう？ 最近、そのせいで各方面からの圧が凄いんだ。断るにも限界がある。でも、レオーネが婚約者になってくれればもう誰にも煩わされずに済む」

にわかにとくとくと騒ぎ始めた心臓の上をレオーネは押さえる。

言われてみれば、殿下ほどの優良物件を適齢期の令嬢を持つ親たちが放っておくなんてことがある訳がなかった。レオーネが知らなかっただけでヴィルフレードには縁談がひっきりなしに持ち込まれていたに違いない。

ヴィルフレードがどこかの令嬢と結婚することを想像してみただけで淋しさに心が干からびそうになった。

殿下と婚約したら、嘘でもずっと傍にいられる……？

でも……でも、本当にそんなことしていいのだろうか？

「でんか、しゅきなひと、いるんでしょ？　だからずっと、だれともこんやくしなかったんでしょ？」

一度うなじを噛まれたオメガはもう他の人とはつがえない。ヴィルフレードは一生レオーネのうなじを噛んだ責任を負わなければならなくなる。好きな人とうまくいきそうだからバイバイなんてわけにはいかないのだ。

「誰にそんな話を聞いたんだい？」

「ひみつ。でも、そーゆうってことは、ほんとなんだ」

上着の裾を握り締めた拳が震える。アルドに酷いことをされそうになった時以上に動悸《どうき》が激しい。

ヴィルフレードの指先がレオーネの拳を優しく撫でた。

「困ったな。まだしばらくは秘密にしておこうと思っていたのに。レオーネ、私の好きな人が誰か、聞きたい？」

「う、うん。だれ——？」

どうしてだろう。聞きたくないと強く思うのに、どうしても聞きたいという気持ちを抑えられない。レオーネはじっとヴィルフレードを見つめる。

ヴィルフレードが小さな声で囁いた。

「私が好きなのはね、君だよ、レオーネ」

涙の滲《にじ》んだ目元にちゅっとキスされ、レオーネは眉間に皺を寄せる。何を言われたのか、理解できなかった。

好きなのは君？　君って、誰？　僕ってことはないよね⁉

「えと……？」

「ごめんね、君は四歳だし、本当のことを言うのはまだ早いと思ったんだけど、君をあんなクソガキに盗られるなんて我慢ならない。――ずっとそういう意味で君を好きだった。レオーネ、私と結婚して？」

どうやら王弟殿下は四歳児に本気で求婚しているらしい。レオーネは狭苦しい馬車の中、大急ぎで後退った。

「えっ、やだ。むり」

ヴィルフレードの後ろにガーンという装飾文字が見えたような気がした。

「……どうして？」

「だって……でんか、ちっちゃいおとこのこがしゅきってことでしょ？　そゆのはちょっと」

ヴィルフレードが片手で顔を覆うようにして項垂《うなだ》れる。

「私は……君が小さいからじゃなくて、君という人が好きだから求愛しているんだ。大きくなるまでは指一本触れるつもりはないし――」

「しょれ、おこないで、しょーめーして？」

「行いで証明？　大きくなるまで手を出さなければいいのか？　君の安全を確保するために今すぐ噛ませて欲しいのに？」

それから絶対に幸せにするから噛ませて欲しいとしつこく食い下がってきたものの、ヴィルフレードは決して無理矢理うなじを噛もうとはしなかった。

非力な幼な子を押さえつけて噛みつくくらい簡単なことはないのに。

つんけんとヴィルフレードをあしらっている間中、レオーネはふわふわとした感覚に包まれていた。アルドに薬を盛られたせいだろうか、雲の上を歩いているような幸福感が消えない。でも、ヴィルフレードをこれ以上心配させたくなくてレオーネは精一杯平静を装う。

屋敷に帰ったらこんな感覚に酔っている暇などないのだ。義母に抗議して、父公爵に今日あったことを知らせ、フラーゴラ侯爵への対応策を練り、アルドをどこまで罰するか決めなければならない。きっとほとんどヴィルフレードが代わりにやってくれてしまうのだろうけれど、レオーネの中の大人が振った以上甘えてはいけないと奮《ふる》い立っている。そんなあれやこれやで頭がいっぱいだったからだろう。いつの間にかレオーネは『タカトリ』という名を耳にしたことを忘れてしまった。

五、まほーしだんちょーのこ、りでぃお。

　卒業パーティーの入場は本当の夜会のように身分順ではないけれど、最後に登場するつもりなのかエラルド王子はなかなか現れない。フィオリーナを迎えに行った時にはもう寮を出ていたようなのに変だなと思っていると、フルートグラスを手にしたリディオが近づいてきた。

「あの、レオ。卒業、おめでとう」

「ありがとう。リディこそおめでとう」

　パートナーであるかのようにレオーネの後ろへと立ち位置を変えたヴィルフレードが眉を上げる。

「リディ……？」

　レオーネ以外見えていないかのようだったリディオの冴《さ》え冴《ざ》えとしたラピスラズリが動き、ヴィルフレードを捉えた。

「もしかしてタカトリ？」

「君はハシモトか」

　ヴィルフレードが唇をたわませて微笑する。逆に笑みを消したリディオと見つめ合う姿にはなぜだか冷え冷えとしたものがあり、レオーネは思わず腕をさすった。

「よかったね。思い出してもらえたんだ」

「……どういう意味だ？」

訝《いぶか》しげなヴィルフレードに、リディオは淡々と答える。

「前、一度だけ勇気を出して、ソラに話し掛けたことがあるんだ。タカトリのこと、残念だったね、大丈夫？　って。そうしたらソラ、タカトリって誰？　って」

レオーネはぎょっとした。前世の話か！

「ソラが私のことを忘れた……？」

ヴィルフレードの目が死んでいる。でも別にタカトリは、ソラにとってすぐに忘れ去れる程度の存在だったわけではない。

「いや、忘れたわけじゃないよ？　ただあの頃は、普通にしていると走馬灯《そうまとう》のようにタカトリのことが頭の中を回って、ああすればよかったこうすればよかったと考えるのを止められなくなっちゃってたんだよね。それで頭のおかしいことに僕、ここが最初からタカトリのいない世界線だったってことにすればいいんだって思いついて、実行して。まあごっこ遊びみたいなものだったんだけど、ハシモトくんに話し掛けられた時はどういうわけだか本当にタカトリのことを思い出せなくなっちゃって」

おかしいよねーあはとレオーネは笑ったけれど、ヴィルフレードもリディオも笑わない。それどころか今にも死にそうな顔になる。リディオの目など完全に病んでいる人に向けるそれだ。

僕は病んでいたのだろうか。

そう思った時だった。ヴィルフレードに抱き締められた。

どこかできゃあと黄色い悲鳴が上がり、空気がざわめく。こんなところで何をするんだと思ったけれど、長身で手も足も長く年齢相応の厚みのあるヴィルフレードに抱き締められることで得られる包み込まれるような安心感は冬の毛布のように心地良く、突き放せなかった。

◆　◆　◆

高校時代のソラの日常はハシモトと共にあった。仲が良かったわけではないけれど、なぜだかよく遭遇したのだ。

朝、家を出て駅への道を歩いているとどこからともなくハシモトが現れる。違う街に住んでいて最寄り駅も違うはずなのに、毎朝ソラと同じ電車に乗って登校するのだ。この時ハシモトが話し掛けてくることはない。ドア一つ分離れたところからじっとソラを見つめているだけ。

授業中もちらちらと視線を感じたし、ソラが放課後勉強をするため図書館に行けばハシモトも離れたところでテキストを広げている。夜、暑くて窓を開けると、さっと電柱の陰に隠れる人影が見えるし、近所のコンビニに行ったらハシモトがレジを打っている。

――偶然、だよね？

ソラはモブ顔だ。中身も外見もありふれている。奇行と猫背と派手な髪型ばかりが目立つが実は結構な美形のハシモトが執着するのも納得の『何か』など持ち合わせていない。

――うん、偶然だ。ハシモトくんが僕をストーカーするわけない。自意識過剰ってやつだ。だから厭な顔なんかしちゃいけない。平静を装わなきゃ。

実際、ソラの高校生活はほぼ平穏だった。ぴりぴりと神経を張り詰めさせているのが馬鹿馬鹿しくなるくらい、何事もなかったのだ。

でもある日、――に言われた。

――オレはソラが心配だよ。

どうしてと聞いたら、いい奴すぎるからだと肩を小突かれた。厭なら厭と言えばいいのに、気にしていないふりすんなって。

この人も気づいていたのだ。ハシモトの異常な行動に。

ずっと独りで、気のせいじゃないか、そんな風に思う自分がおかしいんじゃないかと思い悩んでいたソラは泣きそうになった。

ほっとして。

それから――が自分を見ていてくれたことが嬉しくて。

でも、――って誰だったっけ？

子供の甲高《かんだか》い声にふっと我に返る。眉を顰め目を遣ると、教室の隅の席に静かに座るリディオを、数人の男の子がからかっていた。ソラだった頃は不気味だとさえ思っていたけれど、現在のリディオは小さく、痛々しいほど無力だ。

「りでぃーのあたまー、へんないろー」

「なあ、なんでそんなへんないろにしてんだ？　なあ、こたえろよう」

リディオはテキストに視線を落としたきり身じろぎひとつしない。言い返したら余計面倒なことになるとわかっているのだ。いつもなら先生が割って入ってくれるのだが、今は魔力暴走を起こしそうになっているレディにかかりきりで、気づいていないようだ。

もちろんレディのことは心配だ。でも、レオーネの見立てでは四人がかりは戦力過剰、リディオに一人振り分けても構わない。

「おいっ、なんでだまっててんだよっ」

丸めた紙がリディオに向かって投げつけられる。人が虐められる光景は見ていて気持ちのいいものではない。フィオリーナも不安そうな顔でレオーネの服の裾を握っている。レオーネはそっとフィオリーナの手をほどくと席を立った。おろおろしているだけであまり役に立っていない、一番若い教師の一人のローブを引っ張ってリディオの方を指さす。それだけで事足りた。

「こらっ、何やってんの！」

「うわっ、やべ……っ！」

悪ガキたちが蜘蛛《くも》の子を散らすように教室から逃げていく。リディオのいる一角が静かになると、レオーネはフィオリーナの隣に戻る代わりにリディオの隣の空席へ座った。リディオが俯いたまま顔を上げようとしないので、つむじが実によく見える。髪が伸びるたび几帳面《きちようめん》に染め直しているのか、青から白へのグラデーションが鮮やかだ。

「さいなんだったね、りでぃ」

リディオと言おうとしたけれど舌が回らない。意図した以上に親しげになってしまった呼び掛けに、リディオの躯がぴきんと固まった。ようやく前髪の間からラピスラズリの瞳が覗く。

「なんでせんせえ、よんでくれたの？」

「ふぃーのきょーいくによくないから」

リディオの視線が一瞬だけフィオリーナの方へと流れた。

「いもうとがだいじなんだ」

「……まあ、ふつーに？」

「れおのちかくにいるひとは、れおにあいされてうらやましーよ」

……何か凄いことを言いだした。

「ふつーじゃない？　りでぃだってかぞくとか、だいじでしょ？」

「どうだろう」

んん？と思ったレオーネが頬杖を突き横から顔を覗き込むようにすると、リディオは躯を縮こまらせて端に寄る。

「だいじじゃないの？　ちちぇうえとかははぅえとかは？」

リディオの口元にふっと暗い笑みが浮かんだ。

「ぼく、へんなこだし、かれらにしっぱいさくだとおもわれてるから」

レオーネは唇をもにゅもにゅさせた。こんなの、四歳児が見せていい笑みじゃない。たとえ中身が転生者で見た目通りの幼な子でなくてもだ。

ゲームのリディオも変わり者だった。魔法師団長である父親の血か、魔法に関しては天才で、多種多様な魔法を使いこなす。でも、学院生たちにはリディオの凄さが理解できない。植物を短時間に成長させる魔法や動物に言うことを聞かせる魔法は、地味だけれどとてつもなく有用なのに、あいつまた変なことをやっているぜと笑うだけ。孤立したリディオはますます魔法に傾倒し、エキセントリックな言動が目立つようになってゆく。でも、ゲームのリディオは今のリディオのように、自分以外のすべての人間に絶望したような顔はしていなかった。

「しょんなこと、ないとおもうけど」

「かみだって、こんななのに？」

「れおはしょれ、りでぃにあってて、しゅてきだっておもうよ？」

レオーネは単に皆が皆リディオを馬鹿にしているわけではない、普通に受け止める者もいるのだと知って欲しいと思って言っただけなのに、リディオのラピスラズリのような目からぽろりと涙が零《こぼ》れ落ちた。

「り、り、りでぃ？」

リディオの手が、動揺するレオーネの手首を掴む。

「ゆめを、みるんだ」

リディオの目はレオーネを映すと同時にどこか遠くを見ているみたいだった。

「べつの、せかいで。べつのじぶんとしていきている、ゆめ。ゆめのなかのぼくは、いまよりうんとおっきいけれど、やっぱりだれにもりかいしてもらえなくて、へんなかみしたへんなやつって、とおまきにされていた。でも、あるひそらがいってくれたんだ。このかみ、にあってるって。きれいだと、おもうって」

ラピスラズリの中に、夏空から落ちてくる雨が見えたような気がした。

たった一度だけ言葉を交わした雨の日を思い出す。そうだ、ソラはあの時そんなようなことを言った。本当に綺麗だと思ったからだ。それに、誰に何を言われてもしたいと思うことを貫き通すハシモトをソラは秘かにかっこいいと思っていた。

「そのとき、おもった。このひとだって。このひとならぼくをりかいしてくれる、ばかにしたりせず、ちゃんとはなしをきいてくれる。だからかみ、おんなじいろにしたんだ。ゆめはゆめでしかないかもしれないけど、もしこのせかいにあのひとがいるなら、ぜったいあいたかったから。めじるしになったらいいっておもって」

——つまり、リディオの奇天烈《きてれつ》な髪色は、ソラのせいだったのだ。

レオーネは過去の自分の頭を叩《はた》きたくなった。

肩口にそっとリディオの頭が寄せられる。

「またあえて、うれしい。そら」

レオーネは緊張気味に、僅かに灰色がかったつむじを見下ろした。

「はしもとくんは、そらのこと、きらいなんだとおもってた」

「？　きらい？　なんで？」

「いくさきざきにいて、こわかったから。そらのおさななじみも、おれがかわりにこーぎしてやろうかって」

ラピスラズリの瞳に影が差し、幼な子特有の甲高い声のトーンが下がった。

「おさななじみって……あいつか」

あいつ。

幼馴染みのことを持ち出したのは自分なのに、レオーネは首を傾げた。そうだ、自分には確かに幼馴染みがいた。でも、どうしてだろう。彼のことを考えようとすると、ふっと思考がぶれる。視界の端にちらちら見えているのに、いざ見ようとするといなくなっている――そんな変な感じ。

――――？

ああ、まただ。

気分が悪い。

船縁から落としてしまった小石のように、心がゆらゆら揺れながら沈んでゆく。

「いやがらせなんかじゃないよ。ぼくはそらがすきで、そらのこと、なんでもしりたかったし、みていたかっただけ。でも……やだったなら、ごめん」

ちっちゃくて可愛らしいリディオにしょんぼりされると厭だったなんて言えなくて、とりあえずそんな顔しなくていいと言おうとしたら、腕を引っ張られた。

「れおにーしゃま、ふぃーのほうがれおにーしゃまのこと、しゅきだからね？」

フィオリーナに必死の形相で訴えられ、レオーネは苦笑する。

「え？　あ、うん。れおもふぃーがだいしゅきだよ……？」

頭を撫でてやっていると反対側の腕がリディオによって抱え込まれた。

「ぼくも……ぼくもそらのこと、すき。これからはそらのやなことしないよう、きをつけるから、だから、ぼくとともだちになって？　そばにいさせてほしいんだ。れお、れお……だめ？」

手が握られる。ハシモトに同じことをされたら危機感を覚えずにはいられなかっただろうけれど、目の前にいるのは綺麗な顔をした幼な子だった。しかも、目に涙まで溜めている。

「だいじょぶ、りでぃ。れおだけじゃない、これからきっとおーぜいがりでぃのこと、りかいしてくれるよーになる。だってりでぃはさいのーゆたかで、これからきっとこのせかいでしゅごいことをなす。でもれおがしょの、いちばんさいしょのともだちにしてもらえたら、うれしいな」

リディオの目からだーっと涙が流れる。

レオーネは慌ててハンカチを取り出してリディオの顔を拭いてやった。

「そら……しゅき……」

「ありがと。でも、れおたち、おともだちだからね？」

それ以上になる気はないので念を押すと、レオーネとリディオの間にフィオリーナが割り込んできた。

「れおにーしゃま、ふぃーは？」

「もちろんだいしゅきだよ？　だからふぃーも、りでぃにやさしくしてあげよーね？」

「えー」

始業を告げる鐘が鳴り響き、先生が教室に入ってくる。居住まいを正しながらレオーネはふっと思った。

『これから大勢の人が理解してくれるようになる』？　『最初の友だちにしてもらえたら嬉しい』？

ヒロインがリディオルートに入ったことを告げるモノローグに、こんな感じの言葉がなかっただろうか？

レオーネは、はははと独り乾いた笑みを漏らす。

まだゲームは始まっていないし、自分たちはまだ四歳だし。気にする必要はないはずだと自分に言い聞かせながら。

六、ひろいんの、かれいなとうじょう。

ざわめいていた大広間がふっと静かになり、レオーネは主役の登場を知った。満を持して卒業パーティーの会場に現れたのは、この国の王太子エランド、光を集めたようなプラチナブロンドをいただいた妹の婚約者だ。

何か言うたびアシンメトリーにカットされた癖のない髪が揺れて光を反射し、鬱陶《うっとう》しいことこの上ない。所作の一つ一つが実に偉そうだが、射止められればこの国の女たちの頂点に立てる血筋のよさから、今のところこの国随一のモテ男である。

本当ならば妹をエスコートしなければならない腕には、ふわふわとしたベビーピンクの髪の少女がしがみついていた。小柄で華奢な体躯やいつも濡れているように光る大きな瞳はおとなしくしていれば男の劣情と庇護欲を誘うのだろうけれども、レオーネは彼女の恐ろしい本性を知っている。

彼女の微笑みには悪意が滴《したた》るような邪悪さがあった。だが、彼女をエスコートしている王子は気づいていないらしい。バカ王子の通り名にふさわしい得意げな笑みを浮かべ、大広間の中央へと歩みを進める。

何も知らない生徒たちが挨拶をするために群がったせいでたちまち見えなくなってしまったけれ

ど、レオーネは二人のいる場所から目を逸らせなかった。

シナリオは既にレオーネの知るゲームから大幅に逸脱しているけれど、この世界には何とか辻褄を合わせて話を本道に戻そうとする力があった。最後まで油断はできない。

運命の卒業パーティーが始まる。

◆　◆　◆

　朝、学院に到着して馬車を降りると、車回しの隅にしゃがみ込んで蟻《あり》の行列を凝視していたリディオがぱっと立ち上がった。

「お……おは、おはよ……」

　顔を上気させて嬉しそうに、でもどこか不安そうにレオーネの顔を窺う。普通に挨拶してくれればいいのにと思うけれど、リディオの気持ちもわからなくもない。不安なのだ。自分から見る自分は、とても他人に好かれるような人じゃない。だからもし夢だったら、あるいは聞き間違えだったら、本当でも気が変わっていたら、そもそも自分をからかうための嘘だったらどうしよう――等々、千通りもろくでもないことを考えて保険をかけてしまう。最初からうまくいくわけないと思っておけば、うまくいかなかった時のショックが小さくて済むからだ。

「おあよ、りでぃ」

　手を差し出すと、リディオは一瞬固まって、それからぱあっと顔を輝かせた。きゅっと手を握って上目遣いにレオーネを見上げる。同じ四歳児ではあるけれど、中身は自分と同じアラサーだとわかっているけれど……可愛い。

左手をふわふわ舞い上がっているリディオと、右手をフィオリーナと繋いで教室に向かう。そうしたら今度はアルドが寄ってきた。二週間の謹慎が解けたらしい。

「あっれー、いつのまにりでぃお、れおとそんなになかよくなったのー？　オレもれおと、おててつなぎたいなー」

「れおはつなぎたくない」

レオーネ監禁事件について、レオーネたちは初犯ということもあり、親からこっぴどく叱ってもらうだけで片をつけた。この程度では何の痛痒《つうよう》にもならないことはわかっていたけれど、アルドの幼さに父公爵が惑わされてしまったのだ。ただし次は本当に辺境へ送ると騎士団長に誓わせたし、レオーネにはもう近づくなと厳しく言い渡してもらったのに、平気で話し掛けてくるなんて、アルドは本当に面の皮が厚い。思えば前世でもそうだった。けろっとして纏わりついてきて、――にまた殴られそうになっても――。

こめかみに走った痛みにレオーネは顔を顰める。

――そういえば前世では誰が僕を助けてくれたんだっけ。

「えー。さべつするなんてひどくね？　ふぃー、おにーちゃんになんか、いってやってよー」

「ふぃー、あいしょうでよんでいいってゆってない」

つんとフィオリーナが突き放す。この容赦のない感じ、ちょっと悪役令嬢っぽい。

「いーじゃん、ふぃーとオレのなかじゃん」

リディオとフィオリーナが力一杯しがみついてくるせいで腕がもげそうだけれど、言っても離れてくれそうにないので我慢して教室に移動する。席に着いてもアルドは傍を離れない。

「そーいえばさー、れおって、なんでおーてーでんかとなかいーの？　れおのこと、オレのものみたいないーかたしてたよな。どーゆーいみ？」

レオーネの額がごんという音を立てて机にぶつかった。

――ヴィルフレード王弟殿下……。

いきなり突っ伏してしまったレオーネにフィオリーナもリディオもぎょっとしているけれど、今のレオーネに彼らをフォローするだけの余裕などない。

年齢的にはまだ少年ではあるけれど、レオーネはヴィルフレードのことを理性的な大人だと思っていた。十四歳とは思えない見た目をしているし、会話をしていても幼さなど感じられなかったからだ。

そのヴィルフレードが自重をかなぐり捨て、レオーネの囲い込みに掛かっていた。

――おかしくない？　僕、まだ四歳だよ⁇

オメガだとわかったならつがいを定める――婚約することは、どれだけ幼くてもおかしなことではないらしい。むしろ身を守るため推奨されているようだ。シュグに行く話が持ち上がった頃から仕込んでいたのか、父公爵はヴィルフレードの婚約の申し入れを当たり前のように受け入れようとしたし、フィオリーナも懐柔済みで歓迎ムード、既に尻込みしているのはレオーネだけとなっている。しかも貴族の結婚は政略、親がこうと決めれば子が従うのは当然のことなのに、ヴィルフレードはちゃんと本人の了承を得たいと、毎日花束を持って口説きに来るのだ。そのたびレオーネは顔から火を噴きそうになった。

――前世と合わせれば三十路とはいえ、端から見れば異常だ。

今はまだ公爵家の者しか知らないけれど、この話が外に漏れたらヴィルフレードはどう思われるだろう。そう思うと胃の辺りがきゅっとなる。自分なんかのために立派な王弟殿下の名誉が傷つけられるようなことがあってはならないと思うのに、誰もヴィルフレードを諫《いさ》めようとしないのがレオーネは不思議でならない。

「なーなー。おしえろよ、なー」

アルドが肩を揺する。うるさいと、文句を言おうとした時だった。

「うるしゃいぞ！　もうじゅぎょーがはじまるのに、いつまでしゃわいでるきだ！」

ヒステリックに怒鳴ったのは、エラルド王子だった。シストが隣で黄昏《たそが》れている。王直々に王子を頼むと言われたのにレオーネに関することにだけやたらと突っかかる王子をどうにも制御できないでいるのだ。

アルドが何か言い返す前に、先生が長いローブの裾を翻《ひるがえ》し入ってきた。

「おはようございます、みなさん。さあ、席に着いて。新しいお友だちを紹介しますよ。こっちにいらっしゃい。自分でお名前を言えるかしら？」

教室の入り口から中を窺っていたベビーピンクの髪をふわんと巻いた女の子がおずおずと皆の前に出てきてはにかんだ笑みを浮かべる。

「こんにちは。にんふぁ・みえーれ、です。よろしくおねがいします」

レオーネの手からペンが落ちた。先生の隣で見事なカーテシーを決めた女の子――ニンファはあのヒロインだったのだ。

頭の中、思考が加速する。

どうして彼女がここにいるんだろう。侵攻を阻止したのだから、ヒロインが国境の町を離れる理由なんかない。ゲームの修正力が働いたんだろうか？　だとしても平民であるはずのヒロインが高等部ではなく、貴族しかいない幼年部に入ってくるなんておかしい。

「ニンファさんは、そうね、空いているリディオくんの隣に座ってちょうだい。さ、授業を始めますよ」

ベンチとベンチの間を幼児化したヒロインが歩いてくる。ちょうどリディオとレオーネの前で止まったヒロインは、普通はまず隣となるリディオに挨拶するものだろうに、レオーネを見つめて毒花のような笑みを浮かべた。

「あたし、にんふぁ。なかよくしてね」

「……」

転生者だとレオーネは思った。四歳児とは思えない落ち着きに、まっすぐ攻略対象者であるレオーネのところに来たこと、二つの点から推測するに、この子は前世で『甘い恋を召し上がれ♡』のプレイヤーだったに違いない。しかもレオーネ推しだ。

早すぎる邂逅《かいこう》には驚いたけれど、プレイヤーなら話し合える。フィオリーナはいい子で悪役令嬢になどなりえないから、断罪しないよう頼んでみよう。もし自分と結婚したいというなら、フィオリーナのためだし、しても別に構わない。

罪悪感を覚えつつもレオーネは少しほっとする。他の人と結婚すればヴィルフレードの運命を狂わせずに済むからだ。ヴィルフレードは怒るだろうけれど、レオーネよりふさわしい相手などいくらでもいるに違いない。美しく、ヴィルフレードの評判を傷つけたりしない、年齢的にも釣り合う令嬢が。

もちろんニンファが他の攻略対象との結婚を望むなら全面的に協力する。

ちくちく痛む胸を無視し、どうやって話し掛けようと考えているうちにその日の授業は終わった。

帰る前にお手洗いに行ってくるとフィオリーナが他のレディたちと連れ立って教室を出ていったところで、帰り支度をしていたリディオが悪戯《いたずら》っ子《こ》たちに文具を盗られ、中庭へと追いかけていく。

チャンス到来とレオーネが席を立ったところで、ニンファの方から話し掛けてきた。

「れおーね、しゃま。にんふぁ、せんせーから、おともだちにがくいんないをあんないしてもらえっていわれてて……」

「いーよ。れおがあんないしてあげる」

待ってましたとばかりに席を立ち、廊下に出る。ここがあそこがと説明していると、幼年部の校舎から人気《ひとけ》が減ってゆく。誰もいない校舎裏に抜けたところで、レオーネはいきなりニンファに突き飛ばされた。

「痛っ」

壁にぶつかったレオーネを囲うようにニンファが手を突く。

「……かべどん?」

ははっとニンファが口角を引き上げた。

「さがしたぜ、れおーね。いや、りのいえ　そら」

李家蒼空はレオーネの前世での名前だ。でも、なぜニンファが知っているのだろう。ニンファも同級生だったのだろうか、乙女ゲームをするような女子に心当たりはないけれどと首を捻っていると、先刻までの可愛らしい声とは似ても似つかないドスの利いた声がふわふわした雰囲気の美幼女の口から発せられた。

「はは、わけがわかんねーってかおしてんな。おれだよ、おれ。サトウだ」

「さとう……?　まさか、ふりょーの?」

制服をだらしなく着崩した、いかにもワルそうな男の姿が脳裏に浮かんだ。

見上げるような長身にタトゥーの入った腕。いつも笑みが浮かんでいる口元とは反対に荒んだ目には、いつ何をしでかすかわからない怖さがあった。

え。よりによってあのサトウが同じ世界の、しかもヒロインにTS《性転換》転生していた⁉

「そうそう、ふりょーのさとーくんだ。ひさしぶりだなあ、そら。またあえてうれしーぜ」

「なんで……ここに……」

愛らしいニンファが胸を反らしげらげら笑う。まるで悪魔に取《と》り憑《つ》かれたみたいに。

「しゅぐでおまえをみたからだ。ひとめでわかったぜ。あのかーいらしーコのなかみはそらだってなあ!　やどやのおっさんにきいたら、おーとからきたこーしだっておしえてくれたから、いえでして、おってきた。けっこーたいへんだったけど、とちゅーでやとーにおそわれてるだんしゃくをみつけて、まほーでたすけてやったら、よーしにしてくれてよ」

シュグに行ったせい？　ヴィルフレードの誘いに乗ったせいで、レオーネはサトウを釣り上げてしまったってこと？

レオーネとソラとではまるで外見が違うのに見ただけでわかっただなんて信じられないけれど、現にニンファはここにいる。しかも幼な子なのに夜盗に襲われた男爵を魔法で助けて養子にしてもらうなんて、異世界転移モノのテンプレのようだ。

「まほー……なんでつかえんの……？」

「あ？　うまれたときからつかえたぜ？　おまえ、つかえねーの？」

どうやらこの男にだけ転生特典があったらしい。神さまは何を考えているのだろうか。

「それにしても、またずいぶんとカワイーすがたにうまれかわったじゃねえか、ソラ。みちがえたぜ」

ぷくぷくほっぺたを指でむにむにされただけで動けなくなってしまい、レオーネは愕然とした。

相手は四歳の幼女なのに体格のいい不良に凄まれた時と同じように竦《すく》んでしまっている。

「あ、あ、あんたのほーが、かわいー、よ……？」

「はは、びっくりだよな。でも、らっきーだったぜ。おんななら、ごーほーてきにおまえをおれのものにすることができるだろ？」

いきなり首に結んだリボンが引っ張られ、喉が絞まる。

「けくっ」

「くそっ、これ、どーなってんだ？　ほどけよ、そら。かんでやるから、うなじをだせ」

レオーネは魔結晶を結わえているリボンの上からうなじを押さえた。フィオリーナが断罪されないなら結婚してやってもいいというのは取り消しだ。この男――女？――とだけは、絶対につがいになりたくない。だって、こいつは――。

りんの涼やかな音が聞こえたような気がして、レオーネは強く目を瞑った。誰かが泣いている。頭の中で喪服を着た女性が、あのこがしんだのは、あんたのせいよと喚いている。あのこをかえして。かえしてよ。

心が、乱れ、胸元の魔結晶が熱を放つ。レオーネの乱れた魔力を感知した魔結晶がヴィルフレードを呼ぼうとしているのだ。何が起ころうとしているかわかったレオーネは魔結晶を握り締めた。うなじを噛まれたら取り返しのつかないことになるのはわかっていたけれど、何となくヴィルフレードをニンファに会わせたくなかった。

握り締めるだけで魔力って防げるものなのだろうか。魔力操作の授業を受け始めたばかりのレオーネにはわからない。そうしている間にもニンファはリボンを引きちぎろうと頑張っている。レオーネの首が絞まるのも構わずに。

幼児二人でもたもたと揉《も》み合っていたら、ニンファが後ろから誰かにひょいと持ち上げられた。

「はなせっ、てめえ……あ……っ」

「レディにしては凄い言葉遣いだな。授業はもう終わったというのにこんな何もない場所で何をしている」

レオーネの奮闘は無駄だったらしい。隣接する高等部から駆けつけてくれたのか、制服姿のヴィルフレードがいた。ニンファが足をばたつかせつつ、声音だけは可愛らしく取り繕う。

「ふぇ……にんふぁ、りぼんがくるしいってゆーから、はずしてあげようとしただけなのに……」

「レオーネ、本当？」

レオーネはどう答えるべきか迷った。

ヴィルフレードにニンファの正体を知られたくない。なぜかそう思う。

「う……うん……」

そう思って折角話を合わせようとしたのに、捕まえられた猫の子のように両脇を持ち上げられていたニンファが何かに気がついたかのように頭を仰け反らせた。

「あっれ、おまえ、タカトリ？」

タカトリ⁉

まただ。

ぱちんと意識がシャットアウトする。でも前回のように完全に意識が途切れるようなことはなかった。ニンファの声が大きくなったり小さくなったりしながら耳の中で反響する。

「なんでおまえだけでかいんだ？　じゅうねんはやくしんだから、そのぶんはやくうまれかわったのか？」

――十年早く、死んだ？

記憶が一気に溢れ出す。

タカトリ。タカトリはソラの幼馴染みだった。でも、ソラのようなモブではない。ヴィルフレード同様に背が高く、垢抜けた顔立ちをした主役級だ。垂れ気味の目元に甘い色気があるし、日本人にしては明るい髪色がかっこいい。

ソラはタカトリと部屋で二人きり、テレビの前に陣取ってゲームをしながら他愛のない話をするのが好きだった。ソラの部屋に上がり込む時のタカトリの定番はよれよれのフーディーにジーンズとイケてない。遊びに来ると他人の家だというのに必ず靴下を脱いでいい？　と聞いて裸足になってしまうし、学校ではきりっとしているのにソラの部屋では気の抜けた顔で笑うし、眠くなると子供の頃のように肩口にぐりぐり頭を押しつけてくる。モテるのはムカつくけれど、ラブレターを貰っても困ったどうしたらいいと思う？　と相談してくるあたり憎めない。

女の子なんかいらなかった。ずっと二人で一緒にいられればそれでいい、そう思ってしまうくらいタカトリの傍は居心地がよかったのだけれど、幸せな日々は高校三年の時、サトウとソラのクラスが一緒になると共に終わってしまう。

サトウは、近隣の学校にまで名前が轟《とどろ》く不良だった。ヤクザとも繋がっているという噂で、先生たちすら怖がっている。学校には滅多に来ず、来ても寝ているだけで授業なんか聞いていない。クラスの子たちはサトウが登校すると息を潜めるようにしていたけれど、ソラは気にしなかった。ソラは彼に凄まれたことも暴力を振るうところを見たこともなかったから、真実かどうかもわからない噂話を信じて人を忌避するのはよくないと思っていたのだ。我ながら危機感がなさすぎる。

ある日たまたま街でずたぼろにされたサトウに遭遇し、ソラは家に連れ帰って手当てしてあげた

――なんて少女漫画のような展開はもちろんなく、二言三言言葉を交わしただけで別れた。もう何を言ったかも覚えていないから、毒にも薬にもならない本当にどーでもいいことしか言わなかったのだと思うのだけれど、数日後、いきなり肩に掛かる重みに誰だよと思ったらサトウの腕が乗っていた。

――よう。

首を抱えるようにして人気《ひとけ》のない場所まで連れ出される。怒らせるようなことをした覚えはないしサトウも上機嫌だったから、やけに馴れ馴れしいなと思いつつもソラはまだ暢気に構えていたのだけど。

――おまえさ、名前、何て言ったっけ。え? リノイエソラ? ふうん、じゃあソラって呼ぶわ。おまえ、今日からオレのオンナな。

そう言うなりキスされそうになった。

意味がわからない。とっさに掌で唇を護ったソラをサトウはゲラゲラ笑っただけで殴らなかったけれど、しつこかった。それから会うたびセクハラされる。

――よう、ソラ。ホテルいこーぜ。――って何だよその顔は。びびってんじゃねーよ、かわいーじゃねーか。そーゆー顔されるとゾクゾクして、よけー虐めたくなるってわかっててやってる?

頭を仰け反らせて笑うさまに、からかって楽しんでいるだけで本当はヤる気なんかないのかもと思ったりもしたけれど、怖くてとてもじゃないけれど確かめてみることなんかできなかった。そのうち学校だけではなく、帰宅途中の駅や夜、ちょっとしたものをコンビニ買いに出た時まで遭遇するようになって、ソラは恐怖した。

クラスメートたちはソラが絡まれているのを見ると蜘蛛の子を散らすように逃げてゆく。皆、サトウが怖いのだ。

ソラを助けようとしてくれたのはタカトリだけだった。

ソラの窮状を知ると登下校に付き添い、休み時間も可能な限り一緒にいてくれた。サトウが来るとにこにこ笑いながらうまくあしらってくれる。タカトリがいなかったら、ソラはとうに高校に行くのをやめてしまっていたに違いない。

でもある日、タカトリは死んでしまった。

棺が置かれた祭壇の前、彼女が責めていたのはソラだ。

ソラにつき纏うなとサトウの家まで言いに行って揉め、玄関前の石段から転落したのだという。サトウは手を出したのはタカトリが先、正当防衛だったと主張したけれど、ソラにとってはどうでもよかった。

ソラのせいでタカトリは死んでしまった。君が悪いんじゃない気に病むなと色んな人が言ってくれたけれど、ソラのために意見しようとしなければタカトリが死ぬことはなかったのだからこれはソラのせいだ。

もう学校に行くためタカトリが迎えに来てくれることはない。部屋に上がり込んでゲームをすることも、脱いだ靴下を忘れていくこともない。――そう思ったことを覚えている。いや、思い出した。

「そういう君はサトウか。なるほどな。大丈夫だよ、ソラ。この世界ではサトウも幼児、何もできやしない。何かしようとしても私が必ず守るから、安心して」

レオーネはきっとヴィルフレードを睨《にら》みつけた。

「むり」

「レオーネ」

「らって、たかとり、しんじゃった。れおのせーで、しんじゃった……！　しょれに！　でんか、なんでだまってたの？　でんか、わかってたんでしょ、れおがそらだって！」

ニンファもレオーネも口にしてはいなかった『ソラ』という名前を、ヴィルフレードは当たり前のように呼んだ。驚いた様子など一つもなく。

この男は、タカトリのことなど忘れ四歳児らしく脳天気に日々を過ごすレオーネを、そうと知りながらずっと黙って見ていたのだ。

四歳児の涙腺は弱い。あ、泣くと思ったら待ったなし、だばーっと涙が溢れ出す。中身はいい大人なのに何泣いてんだ恥ずかしいと思うけれど、止まらない。

ヴィルフレードがニンファを横に置き、レオーネの前に跪いた。

「ごめんごめん、泣かないで、レオーネ。黙っていたのは、私のことなど忘れていた方がレオーネは幸せでいられると思ったからなんだ。折角貴族の家の子に生まれたんだからレオーネには今度こそ、何の憂いもなく、普通に、幸せな人生を送ってほしいと思って」

「れおは……っ、たかとりがっ、いきてるんならあっ、あいたかったし、おはなしだってしたかったああ」

号泣するレオーネを、ヴィルフレードが抱き締める。

「……そうだね。私も聞きたいことがいっぱいある。あの後、どうなったのか。母さんたちは元気か、ソラは幸せになれたのか」

レオーネは沈黙した。ヴィルフレードが出した質問はどれもとても答えづらかった。

ヒロインが余計なことを言いだす。

「おれがきーたはなしによるとー、そらはあのあと、すがたをけしたらしーぜ」

「姿を消したって……」

「そういううわさはあったが、まちがっている。そらはたかとりがしんだあと、いっぽもへやからでなかっただけ。それからいちねんかん、そらはひたすらげーむだけしてすごした」

「りでぃ⁉」

髪をぼさぼさにしたリディオがぽてぽて校舎裏から出てくる。きっと文具を取り返すために戦ってきたのだ。

「だれだ、てめえ」

「はしもとだ。ぼくはそらがひきこもりになってからも、ずっとそらをみまもっていた」

ソラが部屋から出なくなってもハシモトはつき纏いをやめなかったらしい。

「すとーかーがたちぎきしてんじゃねーよ。てんせーしてもつきまとってるとは、しつこいやつだな」

「さとーにゆわれたくない」

「そら、おまえも、ダチがしんだくらいでひきこもんなよ、だせーぞ」

いーっと歯を剥き出して嘲笑《あざわら》うヒロインを、リディオが蹴とばそうとする。

「しかたがない。そらは、おさななじみをうしなったうえ、いきさつをしったおさななじみのかーさんに、おまえのせーだってばとーされたんだ。ちいさいころからかぞくぐるみでなかよくしていたのに」

「りでぃ、しーっ」

レオーネが顔を上げ、おちょぼ口の前に人差し指を立てる。そんなことをタカトリが知る必要はないと思ったからだけど、遅すぎた。

「母さんが……そうか。ごめん、ソラ。私が勝手に出掛けていっただけで、ソラは何も悪くないのに」

今度はヴィルフレードがレオーネの肩に顔を伏せる。レオーネはひどく大きく感じられる背をぽんぽんと叩いた。リディオがソラのその後について続ける。

「いちねんたったら、そらはおやにおいだされたらしい。ひとりぐらしをはじめて、しゅーしょくもした。でも、こーこーのときのなかまとれんらくをたって、あたらしーともだちもつくらず、まるでじぶんをばっするかのよーに、ずっとひとりでいた……」

そう。モブなりに楽しく過ごしていた高校時代から一変、ソラは立派な陰キャになった。会社に行く以外は引き籠もって誰とも喋らない。創作活動を始めてから少しだけ改善されたような気がするけれど、たまに親に会ったりすると変な顔をされた。自分ではわからないけれど、多分おかしなことを言ったりしたりしてしまったのだろう。ソラは随分と『忘れっぽく』なったから。

「ソラはどうして死んだんだ？」

ヴィルフレードの問いに、初めてリディオは言葉を詰まらせた。

「……しらない」

やわらかな草で覆われた地面の上であぐらを掻いたニンファが気がついたように尋ねる。

「そーいえば、おまえらうまれかわるまえ、なにがあったかおぼえてるか？　おれはおぼえてねーんだけど」

「ぼくも、おぼえてない」

皆、顔を見合わせた。恐らく死んだのだろうが、その前後のことをはっきり覚えている者はいないらしい。

「おれらが、ほぼどうじきにしんだのはなんでだ？　ちきゅうでもばくはつしたのか？」

「ちきゅーがばくはつって……げーむじゃあるまいし」

「ああでも、ここは前世に存在したゲームの世界なんだろう？」

ヴィルフレードの言葉にニンファとリディオは驚いたようだった。

「まじか。なんてげーむだ？」

「『甘い恋を召し上がれ♡』、だったか？」

「おとめげーむかよ！」

「乙女ゲーム？　って何だい？　普通のゲームとは違うのか？」

信じられないことにニンファは『甘い恋を召し上がれ♡』を知っていた。妹がプレイしていたらしい。仕方なく、何となく言いづらくて伏せていた恋愛相関図について説明すると、サトウは爆笑した。

「……は！　すずきやきむらもこのせかいにいんの⁉　しかもみんな、おれにほれんのかよ！　うける」

リディオは、ヒロインとの関係を聞いて厭そうに口をひん曲げている。

太陽の位置を確認したヴィルフレードが総括に入った。

「なかなか興味深い話ではあるけれど、天地がひっくり返っても私がヒロインに恋することはなさそうだね。君たちについては思うところがないではないけれど、今は幼な子だし、前世でのことについてはおいておく。でもまたレオーネに手を出そうとしたら、今の私が持つ全権力を駆使して叩き潰すから」

サトウがにやにや笑う。

「おっと、おさなごあいてに、おだやかじゃねえなあ」

リディオも気に入らないと言わんばかりの顔をした。

「れおはおまえのもんじゃない」

レオーネは再びヴィルフレードの肩に顔を押しつける。

タカトリと再会できたのは嬉しいけれど、記憶を取り戻してしまったレオーネの心は沈んでいた。

今更だけど、謝った方がいいのだろうか。でも、何て言えばいいんだろう。『僕のためにサトウと喧嘩して死ぬようなことになってしまってごめん』？　――何だか、自意識過剰女みたいだ。

レオーネがソラであることに気づいていたのに、ヴィルフレードはなぜ求愛したんだろう。幼馴染みだった時の感覚を引きずっていて、面倒を見てやらないといけないと思っているのだろうか。

——だとしたら僕は、ヴィルフレードを解放してあげなければならない。

ずずっと洟を啜るとヴィルフレードがすかさずハンカチを取り出して鼻をかんでくれようとし、レオーネは何とも言えない気持ちになった。

＋　＋　＋

その後すぐ半泣きになったフィオリーナがレオーネを探しに来て、転生者の集いは解散となった。

屋敷に帰ってからも離れようとしないので、義母に厭そうな顔をされつつもレオーネはその夜、フィオリーナと一緒に寝た。ベッドに入ってからもフィオリーナはぷんすか怒っていた。

「れおにーしゃま、ふぃーをなかまはずれにしないで」

「ごめんね、ふぃー。もおしない」

「りでぃとあるどもじゅるい。ふぃーにわかんないおはなしばっかり、れおにーしゃまとして」

レオーネはと胸《むね》を突かれた。わかっていないのだろうと思っていたのに、フィオリーナはしっかり気づいていて、疎外感を覚えていたらしい。

「れおにーしゃまはりでぃのでもあるどのでもなく、ふぃーのにーしゃまなんだから。でんかとは……なかよくしてもいいけど、なかまはずれはだめ」

「あい」

ぬいぐるみのように抱き締められたレオーネは、フィオリーナが寝息を立て始めるとようやく躯の力を抜いて天井を見上げた。

前世は大事だけど、生まれ変わったレオーネには新しい人生があり妹もいる。断罪必至の悪役令嬢という運命を背負った妹が。

レオーネはフィオリーナをぎゅうぎゅうと抱き締めた。フィオリーナの躯は熱いくらいあたたかく、ミルクめいたにおいのする膚越しに、溢れんばかりの生命力が感じられた。この子のためにもへこんでなんかいられないと思ったのだけれど、翌朝、今日も学院に行ってハシモトやサトウ、キムラたちと会わなきゃいけないのかと思ったら、ぷしゅーっと何かが抜けてしまい——レオーネはベッドから出られなくなってしまった。

「でぃーな、れおにーしゃまのおかお、あかい」

フィオリーナの声がやけに遠く聞こえる。どうやら幼い心では受け止めきれなかった諸々が躯に出たらしい。ディーナに熱があると言われ、その日レオーネは学院を休むことになった。

躯が重くて、動くのも億劫《おっくう》だった。

一人で寝ていると、深い水の底に沈んでいくみたいな感じがする。世界の圧がどんどん高まってきて押し潰されてしまうような変な感じ。

前世でタカトリを失った後もこんな感じがした。悪夢のような現実の中、そんなことをしたって何にもならないのに、何も考えたくなかったレオーネはひたすらゲームをして苦痛から逃れようとした。映画や小説でよくある、『タカトリの分まで生きなきゃ』的なことは一欠片《ひとかけら》だって考えなかった。当たり前だ。タカトリはソラのせいで死んだのだ。綺麗な言葉で更生を促されても欺瞞《ぎまん》にしか感じない。腹掻《か》っ捌《さば》いて詫びろと言われた方が納得できる。そう思っていたのに。タカトリと再会したらすべてがひっくり返ってしまった。

──あれ？　トモダチを死なせたからって何もかも投げ出して破滅的な生活を送っていた僕って……恥ずかしくない？

恥ずかしい。物凄く。できることなら自分に酔うのはやめろと、当時の自分をはたきたい。

タカトリがいなくなった後もちゃんと前を見て生きればよかった。そうしたら胸を張っていられただろうに。

「……りでぃのばか」

本人の前で前世の愚行を暴露され瀕死の重傷を負ったレオーネはベッドの上、一人もだもだする。

──僕はこんなに馬鹿なのに、タカトリは──ヴィルフレードも──どうしてこんなにもよくしてくれるのだろう。

そんなことをつらつらと考えながら微睡《まどろ》んでいると、汗に濡れた前髪が搔き上げられた。目を開けると、ヴィルフレードが上から覗き込んでいて、レオーネは顔を顰める。父公爵やディーナの中ではもう婚約者ということになっているのか、最近では皆、レオーネに断りなくヴィルフレードを部屋に通す。

「おはよう、レオーネ。ベッドから出られなくなってしまったんだって？　サボりかと思ったけど、本当に熱があるみたいだね」

そう言ってベッドに腰を下ろしたヴィルフレードは今日も素晴らしく綺麗だった。

映画から抜け出てきたかのような華やかな衣装の肩口では、滝のように流れ落ちた銀髪が煌めいている。前世でもタカトリはいい男だったけれど、今世のヴィルフレードはもう、遠くから崇《あが》め奉るべきなのではないかと思うほどだ。

「ひどい。れお、ほんとーにぐあいがわるいのに」

「でも風邪とかじゃないんだろう？　レオーネは真面目だから、私と再会したら色々と気に病みそうだと思ってた」

「しょれは……れおがいなければ、タカトリはあんなことにならなかったんだし」

起き上がり、丸っこい指で毛布を弄くりまわすレオーネの汗を、ヴィルフレードがハンカチで拭いてくれる。

「知っている？　野生の雄鹿は繁殖期になると角をぶつけ合うって話。勝った鹿だけが雌を得られるんだ。大抵は怪我をする前に勝負がつくけれど、中には怪我をしたり、角が刺さって死んだりする鹿もいるらしい。雌は彼ら無数の敗者に対して責任を感じたりすると思う？」

「それは……しない、とおもう……」

いきなり始まった鹿話に戸惑いながら答えると、ヴィルフレードが頷いた。

「そうだろう？　だから君も気にすることはないんだ。私がしたことは雄鹿と同じ。君を取り合い勝手に戦っただけなんだから」

「？　えっと？」

ヴィルフレードがくすくす笑う。まだ声変わり前の声がやわらかく耳に馴染んだ。

「どうしてきょとんとするのかな。ソラ、この間私が好きって言ったのを忘れたわけじゃないよね？」

「えッ、だって、でんかがしゅきなのは、ちっちゃなおとこのこ……」

「違うって言ったよね？」

「いひゃい」

頬を抓《つね》られレオーネは悲鳴を上げる。

ということは、そういう意味で好きだったということだろうか。タカトリが、ソラを？　まさか！

「だ、だって、そらは、もぶで！　たかとりはもてもてひーろーらよ？　そらをしゅきになんかなるわけない！　しょれに、とりあうって、なに？　みんな、れおにいじわるしてただけで、しゅきでなんか……」

熱を帯びた瞳がレオーネを凝視する。何か間違っていたのだろうかと思った刹那、ふっと視線が逸らされた。

「ソラは可愛いね。とにかく悪いのはソラじゃなくて私なんだ。よこしまな気持ちを隠して親友面してごめんね。気持ち悪いよね」

「しょんなことない！」

本当に少しもそういう感情はなかった。普通はいくら親友でもゲッと思うものだろうに。ヴィルフレードがとろりとした笑みを浮かべる。

「本当に？　好きなんて言われて困っているんじゃない？」

「こまるわけない。そらだってたかとりをしゅき……んんっ」

この言い方は語弊を生む。咳払いし上目遣いに顔色を窺うレオーネを見るヴィルフレードの表情は怖いくらい優しい。

「でも、私とつがいにはなりたくないんだろう？」

「でんか、ほんきでれおとつがいになるき？」

「もちろん。私は君の全部を私のものにしたいし、大きくなったら私の子を産んで欲しいと思っている。——引いた？」

それまでレオーネは、ヴィルフレードの言う『好き』をどこか空言のように感じていた。この人が自分のような人間を好きであるはずがない。多分この人の言う『好き』は、何か別の目的を覆い隠すための言葉なのだろう——と。

でも、この人の言う『好き』は、セックスしたり、子供を作ったりという意味もちゃんと含んでいたらしい。

「えと、えと、あの」

「好きだよ。レオーネ。レオーネは私と結婚するのはいや？」

「……うう……いやじゃ、ないけど……。ほら、れお、よんちゃいだから……」

「そうか、よんちゃいじゃ仕方ないな」

ふふと笑うと、ヴィルフレードは掌でレオーネの頬を覆った。

「本当なら結婚できるのはまだ先だし、ゆっくり考えてくれていいって言うところだが、サトウが君のうなじを狙っている。横取りされたら取り返しがつかない。レオーネ、悪いけど、今すぐ覚悟を決めて。うなじを噛ませて」

「ひ……ひぇえ……」

レオーネは掌でうなじを押さえる。確かにヒロインはいきなりここに噛みつこうとした。リボンをぐいぐい引っ張って、レオーネを一生縛りつけようとしたのだ。

「頼む、レオーネ。前世でのこと、悪いと思っているなら、この世界の人生を私にくれ」

おでこにちゅっと唇が押し当てられる。幼な子にするような触れるだけの他愛のないキスだったけれど、額が甘く痺《しび》れた。

「まって、た、たかとり、げいだったなんていがいすぎて、れお、あたまのなか、ぐちゃぐちゃ」

別に蔑むつもりはないけれど、レオーネはタカトリを完璧な人間だと思っていて、性向だって女の子が好きに決まっていると思っていたのだ。

「ゲイ……？　気がついたらもうソラのことが好きだったからよくわからないけど、そうなのかな」

「きがついたらって、えっと、いつから」

「物心ついた時からソラが一番好きだった。そういう意味で好きなんだって気づいたのは、思春期が来てからだけど」

「じゃ、じゃあ」

「そうだよ、ソラが私の初恋だ。私はずっとソラだけが好きだった。その証拠に、私は誰ともつきあわなかっただろう？」

「ひょわあ……」

レオーネは耳を塞いだ。ありえなくない!?

「本当はソラの部屋へ行くたびにドキドキしていたし、何度襲ってしまおうと思ったか知れない」

わざわざ身を屈めたヴィルフレードの吐息が耳たぶをくすぐる。

「私のこと、キライじゃないなら、幸せにするって約束するからこの手を取ってくれ。頼む」

甘い言葉がレオーネの逃げ道を塞いでゆく。もう逃れられないと察しながらも、レオーネは悪あがきした。釣り上げられた魚がぴちぴち跳ねるように。

「うう、でんか、れおのどこ、しゅき？」

「全部だよ。そうだね、他人の悪口を絶対言わないところとか――」

そうだっただろうかと考え、レオーネははっとする。それはタカトリが誰かとのお喋りの後、他人の悪口ばかり聞かされて気分悪いってぼやいているのを聞いたからだ。

「道に塵《ごみ》が落ちていると、こういうことして恥ずかしくないのかよって怒りながらもちゃんと拾うところとか」

それだって、タカトリが褒めてくれたことがあったからで。

「あと、授業とかで二人組を作れって言われると、ちろっと私の顔を見るところとか、凄く可愛いと思っていた」

「……」

レオーネはむちむち感の残る両手で顔を覆う。

──あれ？　僕のやることなすこと、全部タカトリに因《よ》ってない⁉

「女の子から手紙を貰ったって報告すると一生懸命平気そうな顔しようとするけれど内心では滅茶苦茶動揺しているのが丸わかりなところとかも、ちょうどつむじが見える身長も、セットするのを諦めたシンプルな髪型も、後ろ暗いことがあると顎を引いて、上目遣いに顔色を窺う仕草も好きだった。顔も、笑顔を見るたび好きだなあって……」

「もういい……もういいでしゅ……」

ヴィルフレードが好きな点を挙げるたびにがばがばＨＰ《ヒットポイント》が削られてゆく。レオーネはとっくにオーバーキルだ。

「さいごに……れおはそらじゃなくてれおで、しかもよんしゃいなんだけど」

ヴィルフレードは華やかな笑みを浮かべた。

「問題ない。エラルドの婚約前の顔合わせでソラに似ている子がいるって気づいてから、私の気持ちは君だけに向いていた。夢中だったと言ってもいい」

「やっぱり、ぺどだあ……」

小さな声で吐いた悪態をヴィルフレードはちゃんと聞き取り、眉根を寄せる。

「他の幼な子には毛ほどの興味も感じたことがないし、正直今の年齢では勃《た》ちそうにないから早く育って欲しいと思っているのに」

「せきららしゅぎぃ……っ」

レオーネは耳を塞いだ。

ベッドの上で小さく丸まったレオーネの前にヴィルフレードが膝を突く。

「そういうわけだからいいだろう？　うなじを噛ませて」

「えと、えと」

「まだ不足？　他に何を言えば許しをくれる？」

レオーネはこくりと喉を鳴らした。

「うう……ゆるしゅもゆるしゃないもない……タカトリがしたいなら、れおは……」

ヴィルフレードが目を細める。サファイアの双眸が物言いたげにレオーネを見据えた。

「そう。まあ、いいか。今は、それでも。大人になるまで時間はたっぷりある。十年かけて口説き落とせばいい」

「う、うわあああん」

いっぱいいっぱいになってしまったレオーネの首を守るリボンをヴィルフレードがしなやかな指先で摘まむ。

躯を強張らせたものの、レオーネは抵抗しなかった。

簡単に取れないよう固結びにされた結び目はいつも解くのに時間がかかる。リボンが緩むまでの

間にレオーネは自問自答した。本当にこれでいいのかと。

――いいも悪いもない。レオーネはヴィルフレードに一生を捧げても贖《あがな》いきれないほどの負債があるのだ。

解けたリボンがシーツの上に落ちる。

「好きだよ、レオーネ。愛している。噛んで、いいね？」

黙っているとヴィルフレードの唇がうなじに押し当てられた。硬いものが頚骨《けいこつ》を挟むように突き立てられる。

「あ……ああ……」

ずくんと不思議な衝撃が全身を走り抜け、レオーネの中にある何かが書き換えられていった。

レオーネの意思など関係なく、ヴィルフレードのものになる。心も躯も、全部。……全部。

これがオメガがつがうということなのか。

アルファにはオメガがどれだけ変化したのかわからないらしかった。

「これで、いいのかな……？」

十数えて噛むのをやめるとレオーネの顔を覗き込み、真っ赤になって震えているのに気がついてえっという顔をする。

「大丈夫か？　もしかして、物凄く痛かったのか？　それともやっぱり私に噛まれるのは厭だった……？」

レオーネはゆっくりと首を振った。自分の躯が自分のものではなくなってしまったようで、何だかうまく動けない。

「本当に？　多分、これで大丈夫だと思うけれど、引き続きサトウには気をつけて。発情期《ヒート》前のキスがどれだけ有効かについては諸説あるから、レオーネが大きくなったらもっと深くマーキングするね」

そう言うと、ヴィルフレードはレオーネを膝の上に抱き上げてくれた。

——こんなことして本当によかったのかな。僕は死に物狂いで抵抗するべきだったんじゃないのかな……？

今更ながら怖くなってしまったけれど、もう後戻りはできない。レオーネにできるのは、ヴィルフレードの重荷にならないよう、頑張ることくらいだ。

七、だんざい。

髪を上げてドレスを着た女子は、制服を着ている時とは別人のように見えた。男子も髪を撫でつけるだけで大分雰囲気が変わる。

今年は生花の髪飾りが流行らしい。桜や百合《ゆり》、牡丹《ぼたん》など、この日のために栽培されたのだろう花々が女子の結い上げられた髪の上で咲き誇り、甘い香を放っている。

先に寮を出たはずの王子はまだ現れない。

「やっぱり、殿下はファーストダンスをニンファと踊るのかしら」

一体どういう魔法を掛けたのか、いつもより長いフィオリーナの睫毛が物憂《ものう》げな影を落とす。

「えっ、いや、それはどうだろう」

レオーネはうっかり否定しかけ、言葉を濁した。フィオリーナが王子の婚約者である以上、断罪と処刑というレオーネがもっとも恐れる結末が待っている可能性もなきにしもあらずではあるけれど、ヒロインとの再婚約はない。なぜならニンファの中身はサトウである。いくら外見が可愛らしくてもあれと結婚しようという男がいるわけがないからだ。

「ん……？　スズキってニンファの正体を知っていたっけ？」

一方、フィオリーナは美しい淑女に成長した。愛情を込めて育てたおかげか基本的には優しくてまっすぐな心根の持ち主で、他の女子生徒たちにもお姉さまと熱烈に慕われている。

「ねえ、お兄さま。殿下が誘いに来なかったら、ファーストダンスだけでいいの、フィオリーナと踊って？」

可愛い妹に甘えられ、レオーネの相好《そうごう》が崩れる。

「もちろんだよ。フィオリーナが言わなくても誘おうと思っていた」

ほっとしたらしいフィオリーナは、次いでヴィルフレードに申し訳なさそうな顔を向けた。

「ごめんなさい、ヴィルフレード殿下だってお兄さまのこと、エスコートしたいのに」

「気にしないでくれ。フィオリーナのファーストダンスの方が大事だし、婚約のことはまだ秘密だからね」

レオーネはさりげなく目を逸らした。

オメガは発情期になるとアルファを誘惑するフェロモンを発する。アルファに強烈な媚薬《びやく》のように作用し、しばしば不道徳な事件を引き起こすが、フェロモンはうなじを噛まれると噛んだ相手にしか効かなくなる。不特定多数に襲われる可能性がなくなる代わりに他のアルファとつがえなくなるのだ。

だから四才の時にうなじに歯形を刻まれると速やかに婚約式が執り行われ、レオーネはヴィルフレードの婚約者になった。学院卒業後はヴィルフレードが王籍から抜け、公爵家に婿入りすることも決まっている。だが、この約定はまだ公にされていなかった。レオーネが厭がったせいだ。

アルファはオメガのうなじを噛んでも他のオメガとセックスできる。もちろん不道徳なことだけれど、知らなければ関係ない。つまり秘密にしておけばヴィルフレードはいつでもこの婚約をなかったことにできるのだ。

ヴィルフレードの言う『好き』が嘘だとは思わないけれど、前世であんなことがあったのである。躊躇わずにはいられずひねくりだした苦肉の策だったけれど、もうそんな小細工をする必要はなさそうだった。

音楽が止み、会話を楽しんでいた卒業生たちが顔を上げる。予定ではファーストダンスの前に学長や卒業生代表の挨拶がある予定だったのだけれども。

「フィオリーナ・ノーチェ！　前に出ろ！」

響き渡る無粋な声に、レオーネはフィオリーナと視線を交わした。

王子に婚約破棄されるかもしれないことは、あらかじめフィオリーナに伝えてあった。知らない方がショックを受けるだろうと思ったからだ。もっとも妹は酷いと憤るどころか、望むところだと両親に話を通し、婚約解消の書類まで用意して待ち構えていた。淑女らしからぬと思われるかもしれないけれど、幼い頃から全く王子の態度に改善が見られなかったのだから当然であろう。

「はい、ここに」

フィオリーナが一礼して前に出ると、片腕にヒロインを抱いたエラルドが声を張り上げる。

「来たか。皆、聞いてくれ。私、エラルド・チョッコラータはフィオリーナ・ノーチェとの婚約を破棄し――」

ヒロイン——サトウ——と再婚約する気なのかと思ったけれど。

「レオーネ・ノーチェと婚約する！」

高らかな宣言を聞いたレオーネはぼそっと呟いた。

「……ありえないんだけど」

エラルドはこちらに手を差し出してレオーネが前に出てくるのを待っている。なぜかレオーネが手を取って求愛を受け入れると思っているようだ。自信満々な様子に溜息しか出ないが、相手は王子である。仕方なく人垣の最前列へと歩みを進めたけれど、もちろんレオーネにエラルドの手を取る気などない。物理的にも、既にレオーネの手はヴィルフレードの掌の中にある。

手を繋いだまま前に出てきた二人に、エラルドは眉を顰めた。

「レオーネ？　なぜ叔父上まで」

「まず。エラルド殿下、あなたとの婚約なんてお断りです」

きっぱりと言い渡すと、エラルドの肩が跳ねる。

「なぜだ！」

「なぜって……そもそもどうして僕と婚約しようなんて思ったんです？　やることなすことケチをつけてくるから、てっきり殿下は僕を嫌っているのだとばかり思っていたんですけど」

エラルドの顔色が目に見えて悪くなった。

「き……嫌ったことなどないぞ。むしろ……」

「はい？　後半よく聞こえなかったんですけど」

ヴィルフレードがレオーネに、わざと皆に聞こえるように耳打ちする。

「レオーネ、やめなさい。エラルド王子は不器用な子なんだ。突っかかる以外に、君とコミュニケーションを取る方法を知らないんだよ」

レオーネは耳を疑った。

「冗談、ですよね？」

「どう思う？　エラルド」

エラルドの顔がみるみるうちに赤く染まってゆく。信じられないことに、そういうわけだったらしい。

「殿下。とにかく婚約はお断りです。そもそも僕はもう、ヴィルフレード殿下と婚約していますし」

元々卒業パーティーで婚約情報を解禁する予定だった。いい機会だとぶちまけると、エラルドが悲鳴めいた声を上げる。

「聞いてないぞ！」

エラルドの腕にしがみついていたニンファが楽しそうに笑いだした。

「いやはや、おまえ、王子向いてねえよ。何で普段あんな態度取っていて好かれているなんて幻想抱けるわけ？　しかもちょっと焚《た》きつけただけでマジで卒業パーティーで婚約破棄するなんて、信じらんねえ。馬鹿だ馬鹿だと思っていたけど、マジで馬鹿だな？」

卒業パーティーでの婚約破棄。ゲームの強制力かと思ったけれどそうではなく、かつてレオーネからゲームについて聞いたニンファが面白がって王子を焚きつけたらしい。協力者だと思っていた女性の馬鹿笑いする姿に、エラルドは愕然としている。

「お……おまえ、何なんだ……!?」

ニンファが愛らしい顔を歪め、エラルドの耳元に囁いた。

「サトウだよ。今の今まで気づかないなんて信じられねえ間抜けさだな。せーとかいちょ?」

やっぱりと思いつつも同情する気はない。フィオリーナもちょうどいいとばかりに三行半《みくだりはん》を突きつける。

「なんだか大変なことになっているようですわね。とにかく、わたくし、フィオリーナ・ノーチェはエラルド殿下からの婚約破棄を承《うけたまわ》りますわ。今までありがとうございました」

完璧なカーテシーを披露され、エラルドの顔に動揺の色が流れた。ノーチェ公爵家という後ろ盾を失ってしまったことに気づいたのだ。立ち尽くす王子を、王家から遣わされたのであろう騎士が連れていく。

どうやらフィオリーナは断罪されずに済んだようだ。

――もう大丈夫、なんだよね……?

ほうと息を吐くと、ヴィルフレードが肩を抱いてくれた。人垣を作っていた皆が口々に、婚約おめでとうと言祝《ことほ》いでくれる。レオーネはちゃんと目指すハッピーエンドに辿り着けたのだ。

◆　◆　◆

くるくる、くるくる。目一杯着飾った卒業生たちが踊っている。誰も彼も、いつもの三倍増キラキラしいけれど、中央で踊るレオーネとヴィルフレードには敵わない。

男同士だというのに、長身のヴィルフレードに対してレオーネが小さいせいか、それともレオーネの顔がその辺のレディより整っているせいか、違和感がない。

楽しそうな二人とは反対に、壁際に集まった一群れの男たちの顔色は冴えない。ゲームのようにエラルド王子と一緒になって断罪しようとはしなかったので累《るい》が及ぶことはなかったけれど、全員がソラへの並々ならない執着を引きずっている転生者である。生まれ変わってもなお追い続けてきた存在に既に他の男の唾がついていたという現実を受け入れられるわけがない。

「開き直りやがって」

サトウが舌打ちする。ベビーピンクの髪をふんわりと巻いてドレスを纏った姿はとても可愛らしく貴族令嬢への擬態は完璧と言っていいけれど、この男の中身はいまだ柄の悪い不良のままだ。

「なあ、手を結ばねえか？　オレたちの親は、この国でも有数の権力者だ。うまいことやればあいつを追い落とせるかも」

「面白そうじゃーん？」

アルドまで質の悪い笑みを浮かべたのを見たシスト——宰相の息子——が慌ててブレーキをかけに掛かる。

「やめとけ。相手は王弟、それも中身はあのタカトリだ。あいつの策士っぷりはおまえらが一番よく知っているだろう？　あいつがあることないこと吹き込むせいでソラの奴、俺たちの気持ちに気づくどころか、嫌われていると思っているんだぜ？」

これまで特にソラに絡むことなく、真面目な一生徒として学院生活を送ってきた彼もまた転生者で、胸に一輪の花のようなソラへの想いを抱いていた。

「はあ？　つまんねーこと言うんじゃーねーよ、チキンが。好きな奴がおっさんに盗られそうなんだぜ？　奪い返そうとすんのが当然だろーが！」

ここに揃う連中の話の通じなさを厭というほど知っているシストは、折角綺麗にセットしてあった髪を掻き毟《むし》る。

「いやいやいや、タカトリも大概だけどおまえらはあいつ以上にやることなすことこえーんだよ！いくら顔が良くても恋に落ちるどころか裸足で逃げたくなるわ！」

アルドが肩を竦める。リディオは黙って踊るレオーネたちを見つめていた。男同士で踊っているのは彼らだけなので目立っているけれど——なんて幸せそうなんだろう。

「てゆーかさー。サトウが恋愛とか、笑えるんだけど。何がきっかけでソラのこと、好きになったんだ？」

「あ？」

アルドの質問に、ニンファが喉から美少女が発してはならない類《たぐ》いの声を漏らす。無視するかと思いきや、ニンファは大広間に光を落とす巨大なシャンデリアを見上げた。何十本あるかわからない蠟燭《ろうそく》が炎を揺らめかせるさまはなかなか壮観だ。

「おまえらはさー、いかにもワルそうな男がボコボコにされて道端に転がっていたらどうする？」

アルドが即答した。

「無視する」

多分、サトウ自身の話だと察したシストは蒼褪めたが、ニンファはだろ？と笑っただけだった。

「でも、あいつは大丈夫かって寄ってきたんだ。しかもさ、オレみたいのに関わって巻き添え食らうことになったらどうすんだって言ってやったら」

えっ、ここにいたら巻き込まれちゃうわけ？　それは怖いからもう行くけど……警察か救急車、呼ぼっか？　それくらいなら大丈夫だと思うし。……本当に何もしなくて大丈夫？

ニンファの声真似は下手くそだったけれど、全員の脳裏にはちゃんと、どこか暢気なソラの顔が浮かんでいた。

「そう言われて、思ったわけ。こいつ、傍に置いておきてえって」

「アハハ、わかる。ソラってそーゆーとこあるよなー」

「ソラは置物じゃないんだぞ」

そう言うシストがソラを好きになったきっかけも人に話せばそれだけでと失笑されるに違いない

くらい些細な、でも、思い出すだけでちょっと気持ちが明るくなるような、シストにとってだけ他とは違う特別なものだった。

みんな、そんなものなのかもしれない。恋の始まりは、かりりと心を引っ掻かれるような一瞬。もちろんソラの人となりが好ましくなければ育つ前に恋心は枯れてしまったのだろうけれど、シストの恋情は生まれ変わっても消えないくらいには強固だった。

ずっと黙っていたリディオが口を開く。

「タカトリは気に入らないけれど、ソラにちょっかいを出すのは反対だよ。ソラは繊細なんだ。タカトリから奪い取ることができたとしても、きっとソラは僕の欲しいソラじゃなくなる。前世のソラがタカトリの死から立ち直れなかったこと、皆だって知っているよね」

「それな」

アルドはリディオの言葉に感じるものがあったらしい。声のトーンが落ちる。いまだやる気満々なのはニンファだけだ。

「壊れたソラもよくねえ？」

今世では善き友の地位を得ているリディオの目つきが昏《くら》く、凶悪な光を帯びた。

「ソラを壊したら許さない」

気を取り直したアルドが改めて転生仲間たちの顔を見渡す。

「――それにしても、ソラって引きが悪いよな」

ストーカーにチャラ男にアンモラルなアウトサイダーと、ソラに惚れ込む男はキワモノ揃いだ。

ニンファがけらけら笑う。

「確かに！　しかも、ヤバいのが揃ってる中でも一番ヤバい奴をつがいに選ぶんだもんな」

「俺はおまえたちと違ってヤバくないぞ」

こいつらと一纏めにされてはたまらないと線を引こうとするシストをアルドが肘でつついた。

「またまたー。シスト、おまえのような奴が案外エグい性癖隠し持ってんだって！」

「ふざっけんな」

肩を組もうとする手を振り払い、シストはもう一度、何の憂いもなさそうな顔をして踊る二人へと目を遣った。常識人ぶって、今生では幸せにと祈りながら。

八、はっぴーえんど！

生後十ヶ月でソラの意識が目覚め、四歳で王立チョッコラータ学院幼年部に入ってかつての同級生たちと再会した。七歳までに魔法の基本的な制御の仕方を身につけ使用上のモラルを叩き込まれたレオーネたちは、魔力を持たない者もいる初等部に入学、この頃からリディオは魔法使いとして頭角を現していく。一方でアルドも剣術の授業で才能を発揮、前世及びゲーム内と同じくモテまくるようになった。一番人気であるはずのエラルド王子はレオーネに刺々《とげとげ》しい態度を取るせいで気難しい人だと認識され、特に女子生徒には遠巻きにされる。十二歳から始まる高等部は全寮制で、ここから平民特待生も入ってくる。それまでとは違う専門的な授業も受けられるようになるとリディオの才能が本格的に開花、学生であるにもかかわらず様々な魔法を作り出して脚光を浴びた。レオーネは突出してできる教科こそないもののできない教科もなく、上位の成績をキープする。

そしてヴィルフレードは。

成長してゆくレオーネの傍に常にいて愛を囁き続けた。寮に入って会えなくなっても手紙やちょっとした贈り物を絶やさず、休みが来るたびに会う約束を取りつけようとする熱心さに、王城の使用人たちがきゃー！となったのは言うまでもない。

◆　◆　◆

レオーネとヴィルフレードの結婚式は、王都の大教会で盛大に行われた。

オメガという存在がいるので、この世界では同性同士の婚姻も許されているけれど、それでも高位貴族の男性同士の結婚は珍しいらしい。忌まわしいと言われていた黒髪黒目の持ち主と王族という組み合わせともなれば尚更だ。

でも、ヴィルフレードは王弟で、レオーネは公爵家嫡男である。たとえ大司教だって異を唱えることはできない。

列席者は王を始めとする王族一同に、ノーチェ公爵家の面々、チョッコラータ王国の主立った重鎮たちと華やかだった。

この国の式の内容はシンプルだ。要は女神の前でつがいとなることを誓えばいい。

この日のために仕立てさせたヴィルフレードと色違いのフロックコートに身を包み、花冠を被ると、悪役令嬢らしい深紅のドレスを身に纏ったフィオリーナが興奮気味に褒めてくれた。

「お兄さま、とっても素敵よ！」

控え室には公爵もいた。相変わらず怒っているような顔をしているが、目には涙が浮かんでいる。

義母は不満そうだ。フィオリーナと王子の婚約がご破算になったのに、継子のレオーネが王弟と結婚するのが気に入らないのだろう。

レオーネはこの世界の結婚式ではつきものの花冠の位置を直しながら頬を上気させる。

「ありがとう。フィオリーナもそのドレス、金髪が映えてとても綺麗だ」

お互いに見惚れているとノックの音がして、花冠を手にしたヴィルフレードが入ってきた。

「失礼。レオーネの支度は終わ……ったんだね。とても綺麗だ」

レオーネを見るなりサファイアの瞳を蕩けさせたけれど、レオーネに言わせればヴィルフレードの方が綺麗だ。堂々たる長身に男らしく厚みのある躯。少年期には精霊のようだった端正な顔立ちには人間味が加わり、更に魅力的になっている。

「……何だか、夢を見ているような気分だ」

いまだにヴィルフレードと結婚する実感が湧かず不安そうなレオーネに、ヴィルフレードが苦笑する。

「夢だなんて冗談じゃない。私がどれだけこの日を心待ちにしてきたと思うんだ。君が四歳の時からずっとだぞ？」

「ごめんね、待たせて。でも、怖かったんだ。以前あんなことがあったのにつがいになんかなっていいのかってどうしても思っちゃって」

「レオーネ」

内容はわからないまでも大切な話をしていることを察してくれたのだろう。居合わせた面々が静かになる。

「でも、ヴィルフレードは僕を誑《たら》し込もうとするのをやめなかった。何年経っても大事にしてくれるから、段々と僕をあげるのが一番殿下の好意に報いることになるのかなって思うようになったというか、納得させられたっていうか」

サファイアの双眸が見開かれる。

「じゃあ……！」

レオーネはヴィルフレードの手を取ると、持ち上げて甲にキスした。

「ヴィルフレード殿下。僕もあなたが好きです。僕とつがいになってください」

「レオーネ……！」

わっと場が沸き、ヴィルフレードに抱き締められる。勢い余ってレオーネの頭から落ちた花冠はフィオリーナが受け止めてくれた。

白い花びらが舞う。

ヴィルフレードの胸に顔を埋めたままレオーネは要求した。

「結婚する代わり、誓って。絶対に危ないことはしない、死なないって。特に僕に何かあった場合は放っておいて。助けても無駄だから」

「無駄？」

眉を顰めたヴィルフレードの顔を、レオーネは仰け反るようにして見上げ、噛んで含めるように言い渡した。

「今度僕より先にヴィルフレードが死んだら、僕も死ぬってこと。わかった？」

「……熱烈だな」

ふっと腕の力が緩み、ヴィルフレードの顔が近づいてくる。キスされる、と思った瞬間、レオーネは掌でヴィルフレードの唇を防いだ。

「む」

「キスはちゃんと、絶対に危ないことはしない、死なないって誓ってくれてから！」

見ていた面々はくすくす笑ったけれど、レオーネは大真面目だ。この男はソラに平気で隠し事をする。前世では幼馴染みで毎日のように顔を合わせていたのに、恋心を気取らせないまま逝ってしまったのがその証拠だ。ソラが鈍いだけだなんて言わせない。

キッと目元に力を入れると、ヴィルフレードは仕方がないな、という顔で微笑みレオーネの前に片膝を突いた。レオーネの手を取り、頬擦りしながら言ってくれる。

「今生では決してレオーネより先に逝かない。いかなる時も自分の身を護ることを優先すると誓う。——だから、君にキスする権利をくれないか、レオーネ」

レオーネは大仰に頷いて見せた。

「よろしい」

ちゅっとレオーネの手の甲にキスしてから立ち上がったヴィルフレードが身を屈める。

レオーネは目を伏せた。

前世ではずっと親友だと思っていたからこんな風に触れ合ったことはなかったけれど、ヴィルフレードとキスすることに違和感はなかった。それどころかもっと早くこうするべきだったという気さえする。

唇が重なるのと同時に湧き起こった拍手に家族が揃っていたことを思い出し、レオーネは薄く目を開いて周囲の様子を窺った。

全然話がわからなかったからだろう。父公爵は首を傾げていたけれど、フィオリーナは満面の笑顔で口笛を吹かんばかりだし、義母まで手を叩いてくれている。

本当はレオーネを虐待するはずだった面々の祝福。彼らはレオーネの家族でソラの家族じゃない、ずっとどこかでそう思っていたけれど、ここにはちゃんと本当の家族みたいにあたたかい空気があった。

妹は断罪されることなく学院を卒業できたし、前世では喪ってしまったこの人も、これからはずっと傍にいる。

大勝利だ。

くちづけが解かれると、レオーネは公爵家の面々を一人ずつ抱擁して回った。

「ありがとう、お義母《かあ》さま、フィオリーナ、お父さま」

最後にぎゅーっと父公爵と抱き合っているところに神官がやってくる。

「お時間でございます」

式場には白い花が一面に敷き詰められていた。家族や招待客が見守る中、同じく白い花でできた冠を被った二人は祭壇の前へと進む。女神という存在が本当にいるかどうかわからないけれど、レ

オーネは覚悟を決めて隣に立つ男の横顔を見上げた。

前世、ソラはこの人が死ぬきっかけを作ってしまった。あの時の悔恨《かいこん》はいまだ消えていない。

でも、だからこそ今世では前世の分も幸せにしてやろうと、腹を決めた今では思う。

どうか今度は最後まで誰にも奪われませんように。

祭壇の前に額《ぬか》ずきレオーネは強く、強く希う。

＋　＋　＋

結婚式が済むとレオーネたちはノーチェ公爵領の屋敷で暮らし始めた。父公爵と義母は、新しい結婚相手を探さねばならないフィオリーナと共に王都のタウンハウスに残るから夫婦水入らずだ。

ノーチェ公爵領は王都に比べれば田舎だけど、領都は結構栄えていて何でも手に入る。

父公爵に任された領地経営の傍《かたわ》ら、レオーネたちは色んなことをした。領民のような服を着て領都に繰り出し食べ歩きをしたり、見立て合って服を仕立てたり。毎週末になるとピクニックバスケットを用意してもらって魚釣りにも出掛けた。

視察にもよく行った。

この国は気候が穏やかだし、教育も行き渡っている。それでも農村部では労働力を確保するため子供を学校に行かせたがらない家庭が多いということが領民たちとの対話でわかったので、通学を促すために無料の昼食を食べられる給食制度を作って財源を確保したりした。

　思いついたことは何でもすぐ実行した。前世でよくわかっていたからだ。人なんかいつ死ぬかわからないし、死んでしまったらすべては無に帰す。頭の中にどんな考えがあったところで関係ない。

　ヴィルフレードはレオーネの我が儘に全部つきあってくれた。同じ転生者で同じ知識を持っているから、やりたいことをすぐ理解してサポートしてもらえるのがありがたかった。

「何かごめんね。いつも面倒なことにつきあわせて。折角田舎に来たんだから、もっとのんびり過ごしたいよね？」

　夜の寝室で同じベッドの中、横たわってさあ寝ようというところで謝ると、洋灯の光を落とそうとしていたヴィルフレードが微笑んでくれる。

「そんなこと、気にしなくていい。できることを精一杯やるのは気持ちがいいからね。私は今の毎日を楽しんでいるよ」

　ふっと灯りが消え、ベッドが軋《きし》んだ。ヴィルフレードが枕の位置を直し、レオーネの方を向いて横たわったのが何となくわかった。

　もぞもぞと移動してヴィルフレードの胸元に顔を埋めると、頭の天辺にキスされる。

　そのままぬいぐるみのように抱き込まれ、レオーネは眉根を寄せた。

　――ヴィルフレードとの新婚生活は順風満帆《じゅんぷうまんぱん》、色々と結果も出つつあるし、幸せであることに間違いはないのだけど。どうしてこの人は僕を抱こうとしないんだろう。

＋

＋

＋

陽当たりのいい丘の斜面に緑の畑が広がっている。農夫たちが豆の苗に交じる雑草を根こそぎ引っこ抜いて回るのをヴィルフレードと肩を並べて眺めていたレオーネは、完了したという合図に前に出た。両手を翳し集中すると風もないのに黒髪が吹き上げられる。おおというどよめきが上がったけれど、レオーネには聞こえない。口の中で難しい呪文を正確に紡ぐだけでいっぱいいっぱいなのだ。

「育て」

練りに練った魔力を解放すると、膝ほどしかなかった豆の苗が一斉に動きだした。蔓《つる》の先端がゆらゆら揺れて添え木を探し、その身を絡めながら上へ上へと這い上がってゆく。

花芽がつき、蕾が膨らんだと思ったらぽんっという小さな音と共に薄紅色の花が咲いた。みるみるうちに畑が薄紅色で覆われてゆく。

生き物が成長するには膨大なエネルギーがいる。小さいとはいえ一つの畑のすべてを一気に成長させられたのは、レオーネの魔力が桁違いだからだ。

――チートはニンファだけだと思ってたけど、違うのかも。

ニンファはどんな魔法も息をするように簡単に使いこなした。レオーネにそこまでの器用さはなく、在学中は魔力量が多くても別にいいことはないのかもと思っていたのだけれど、公爵領に来てからは大活躍だ。

——あー、でも、今日は調子が悪いみたい……？

花が咲いたところで魔力を止めたレオーネがいつもは白い頬を上気させ肩で息をしていると、ヴィルフレードがさりげなく肩に腕を回し胸元に抱き寄せてくれた。

「お疲れさま、レオーネ」

「……ん」

息を整えるレオーネの代わりに農夫たちに向かって声を張り上げる。

「抜き漏らした雑草が伸びているだろうから始末しておくように。花が散ったらまた魔法を使って一気に結実させるから、それまで頼む」

「はい！」

植物を生長させる魔法は、リディオが学院在学中に発見した魔法の一つだ。学院の教師は魔力を食う割に役に立たないと評価したけれど、レオーネたちは成長サイクルを早めることによって通常なら何年もかかる品種改良を一夏で成そうとしていた。専門的な知識がないからうまくいくかどうかわからないけれど、挑戦を繰り返せばいつかきっと成功するに違いない。

「……大丈夫か？」

「うん。ちょっとくらっときただけ。もう大丈夫みたい」

後を農夫たちに任せて斜面を下ってゆくと、馬車がやってくるのが見えた。この辺りでは見掛けない豪奢な造りに、レオーネは王都を思い出す。馬車はレオーネたちから一番近いところで停まり、扉を開いた。

「お兄さま……！　会いたかったわ……！」

中から現れたのはフィオリーナだ。濃い赤に黒でチェック柄の入ったドレスの裾をたくし上げ、華奢なブーツで足場のよくない斜面を踏みしめ駆けてくる。レオーネは腰まで伸びた髪に二年の歳月を感じながら妹を抱き留めた。幼い日によくしたように細い腰を抱き上げくるくる回る。

「どうしたの、突然。来るなんて知らせ、来てなかったと思うんだけど」

「あら、来たら迷惑だったかしら？」

「まさか！　フィオリーナならいつでも歓迎だよ。会えて凄く嬉しい」

ほっそりとした躯を下ろしたレオーネはしげしげとフィオリーナの顔を眺めた。

「フィオリーナ、しばらく会わないうちに、ますます綺麗になったみたいだ……」

「本当？　実はね、婚約が決まったの！」

ころころと笑うフィオリーナにレオーネは目を丸くする。

「え…………………相手は誰？」

「お兄さま、いきなり殺意を振りまかないで」

「殺意なんて、僕は別に。フィオリーナにふさわしい男であれば祝福するつもりだし」

「相手はね、シスト」

一歩下がったところで兄妹の再会を微笑ましげに眺めていたヴィルフレードが驚きの声を上げた。

「宰相の息子の？」

「そう」

「シストか……悪くはないけど……どうしてシスト？　在学中は挨拶する程度で特に交流はなかったよね？」

手を差し出すと、フィオリーナは素直にレオーネにエスコートされて馬車へと戻り始めた。

「そうね。でも、あるすごーくつまらない夜会でたまたま会ってお喋りしていたら、お兄さまがいかに魅力的かって話題で盛り上がっちゃって。意気投合したの」

「ええ……？　彼、そんなに僕のこと好きだったっけ……？」

アルドやリディオならともかく、シストはレオーネのことなど何とも思っていないと思っていたので意外だ。

「別につき合いたいとか結婚したいとかって思っているわけじゃないみたい。お兄さまを見ているだけで幸せな気分になれるんですって。あっ、これ、シストから渡してって」

馬車に着いたフィオリーナがリボンの掛かった箱を見せる。王都で気に入りだった菓子屋の箱だと気づいたレオーネは僅かに眉を顰めた。フィオリーナが教えたのならいいのだけれど、シストが選んだのだろうか？　レオーネの好きな菓子をなぜ知っていたのだろう。

「お兄さまたちは？　変わりない？　仲睦《なかむつ》まじくしているの？」

「……………………もちろん」

レオーネはどうにも内心を隠すのが下手くそだ。不自然に空いた間にフィオリーナの眉が上がる。

「――そう。よかったわ。実はね、わたくし、素敵なお客さまを連れてきたの」

「お客さま？」

何気なく馬車の中を覗き込んだレオーネは驚いた。

「リディオ？　え？　どうして？　フィオリーナってリディオのこと、嫌いじゃなかったっけ」

リディオは最後に会った二年前より線が細くなったように見えた。髪は相変わらず突飛な色に染め上げられ、顔を半ば覆っている。すぐに成長を止めてしまった小柄な躯も身を縮めるように背中を丸めるくせも変わっていない。

「別に嫌いじゃないわ。わたくしはただ、家族でもないのにあんまりお兄さまに馴れ馴れしいから、わきまえて欲しかっただけですもの。それにリディオは今、色々と大変で――なあに？」

リディオの指先がつんとフィオリーナの服を引っ張っていた。眉を顰めたフィオリーナがリディオに身を寄せる。

「後で？　……仕方のない人ね。まあいいわ。わたくしも早く旅の埃を落としたいし。お兄さまたちはお仕事中だったのでしょう？」

「そうだね。もう一つ二つ用を済ませたら屋敷に戻れるけど。先に行ってくつろいでいてくれる？」

「じゃあ、待ってます」

フィオリーナがリディオの隣に乗り込むと御者が馬に鞭をくれ、馬車が動きだした。窓の中に見えるリディオは馬車の床を見つめている。少し目を上げれば夏らしく気持ちよく晴れ渡った青空や薄紅色に染まった豆畑が見えるというのに。

元々明朗活発なタイプではなかったけれど、消え入りそうな風情が心配になる。しばらく会わない間に何があったんだろう。

小心なわんこのようにどこまでもついてくるリディオには戸惑うことも多かったけれど、学院に在籍している間はずっと一緒にいたのである。友だちだと思っているし、できることがあるならしてあげたい。その前に仕事を片づけねばとヴィルフレードに声を掛けようとして、レオーネはびくっとした。ヴィルフレードの顔がすぐ傍にあった。

「な、なに……?」

「別に、何も?」

すぐに離れてしらばくれる。

レオーネは首を傾げた。ヴィルフレードは時々こういうことがある。

——一体何なんだろう……?

レオーネには、わからない。

+　　+　　+

晩餐《ばんさん》の席でのフィオリーナは、二年の空白を埋めようとするかのように饒舌《じょうぜつ》だった。

「お父さまから聞いていますわ。お兄さまと殿下が采配《さいはい》を振るうようになってから、随分と領地が潤っているって」

食堂のテーブルには急遽《きゅうきょ》用意させたご馳走《ちそう》が並んでいる。フィオリーナは王都とは食材の新鮮さが違って美味しいと淑女にあるまじき食欲を見せているけれど、リディオはまた気分が優れないらしく、ちまちまとつついているだけだ。

「大袈裟だなあ。収量は大して変わってないのに」

「今は、でしょう？　五年後十年後には農産物の生産量が増えて王都をもしのぐほど繁栄するかもしれないって、お父さまってば諸外国にまで販路を広げようと動きだしてるのよ？　ほら、わたくしたちが子供の頃、侵攻を企てた隣国、あそこがちょっかいを出してくるのは寒くて実りが良くない土地のせいでしょう？　でも収穫が増えて食料を輸出することができるようになれば飼い馴らせるだろうからって」

そんなことまで考えていなかったレオーネは驚いたけれど、ヴィルフレードは落ち着き払ってカトラリーを操っている。

「そうなんだ。僕はただ、自分にどこまでできるのか知りたくて思いついたことをしているだけなんだけど……」

多分、ヴィルフレードは品種改良に着手した時にはもう他国との関係まで考えていたのだ。

意識して口角を引き上げる。やっぱり体調がよくないみたいで、ヴィルフレードと同じことができないのは当然なのだから、恥じることなんて何もないのに。気分が沈んだ。

「意図せずとも領地を富ませることができているお兄さまは凄いですわ」

相変わらずレオーネ大好きなフィオリーナの賛辞が空疎に耳を通り過ぎる。

「フィオリーナは褒めすぎだよ」

「そんなことないわ。わたくしたちの同級生は秀才揃いと言われてたけど、その筆頭だったエラルド王子はニンファの冗談を真に受けて卒業パーティーで無様な姿を晒したことが問題視されて再教育中でしょう？　アルドは複数の女性を妊娠させたことが発覚して大揉めに揉めているし、ニンファは軍に入ったものの城門を吹っ飛ばしたり手籠めにしようとした上官に大怪我を負わせたりと問題ばかり起こしているの。まともに活躍しているのはお兄さまだけですのよ」

他の転生組は折角素晴らしい能力と血を持って生まれてきたというのに生かせてないようだ。常識的に振る舞いさえすれば一生贅沢三昧《ぜいたくざんまい》な暮らしができるのに。

「そうなんだ……」

「お父さまはお兄さまたちのお子にも期待されてましたわ。生まれたら何が何でも領地に戻って成長を見守りたいから今のうちに王都でしかできないことはやっておかなきゃって毎日それはもう……お兄さま？」

「うん？」

無意識に顔を顰めてしまっていたらしい。夏の青空のような瞳が心配そうに曇ったことに気づいたレオーネは無理矢理笑みを浮かべてみる。でも、フィオリーナがそんなことで誤魔化されてくれるわけがない。一応食事を不味《まず》くするつもりはないらしくさりげなく話を別の方向に逸らしてくれたけれど、部屋に戻ったら問い詰められるであろうことが容易に予見できて、レオーネはこっそり溜息をつく。

＋　＋　＋

食事を終えて食堂を出るなり、レオーネはフィオリーナに右腕を抱え込むようにして連行された。ヴィルフレードの介入を避けたかったのか、連れ込まれたのはフィオリーナの部屋で、座らされたのは深紅の薔薇柄のベルベットが張られた少女趣味の椅子だ。

「子がお兄さまの憂鬱の種なの？」

仁王《におう》立《だ》ちになったフィオリーナに詰問されては嘘などつけない。

「えーと、まあ、うん」

仕方なく頷くと、フィオリーナは普段はきりりと吊り上がっている目尻を緩めた。

「やっぱり。お父さまも心配していらしたわ。オメガといえど子は神さまからの授かり物、結婚すれば必ずできるものではないけれど、気に病んでいるんじゃないかって。これ、竜の角。寝室に飾っておくと孕《はら》みやすくなるんですって。削った粉をお茶に入れてもいいそうよ。それからこれはシユグで求めた煎じ薬。これも寝る前に飲むと子が宿りやすくなるって聞いたわ」

次々に積み上げられてゆく品々にレオーネは頬を引き攣らせた。

「どれも呪《まじな》いの域を出ないけれど、試してみて損はないわ。早速煎じ薬を作ってあげるわね。誰かお湯を――」

「待って！　いいよ、作らなくて。もったいないし」

「まあ、そんなことないわ。どれもお兄さまのために買い求めたものですもの。もったいないなんて言って使ってもらえない方がもったいない――」

「そうじゃなくて！　使ったって妊娠するわけがないから」

レオーネは椅子の上に足を引き上げる。立てた膝の上に顎を乗せて俯いてしまったレオーネをフィオリーナが訝しげに見下ろした。

「不妊の原因は明らかですの？　もしかして殿下に問題が？」

「ちっ、違う！　そうじゃなくって、僕たちはその、まだしてないんだ」

かあっと顔が熱くなる。もじもじしていると、フィオリーナが唇をわななかせた。

「嘘でしょう？　だって、ヒートは!?　ヒートはどうしているんですの!?」

「僕、まだ、ヒートが来ていないんだ。僕、オメガとしては欠陥品なのかも……」

だから手を出す気になれないのかも。

杞憂《きゆう》だってわかっている。あれほど長い年月をかけた求愛が嘘であるわけがないし、ヴィルフレードはそんな男ではない。でも、それならどうして触れてくれないんだろう。

フィオリーナは餌を求める魚のように口をぱくぱくさせると、へたりと手近にあった椅子に座り込んだ。

「だ、大丈夫ですわ。男性のオメガは女性に比べ、ヒートの開始が遅いっていいますし。殿下は、お兄さまにヒートが来るのを待っているのかも」

「でも、相手がオメガでもしょ、しょ、初夜はちゃんとするもんだって……」

「誰が言いましたの？」

「誰も。でも、書庫の隅に隠してあった恋愛小説にはそう」

「ああ、アレ。お母さまが一時期はまっていらしたのよね」

義母の意外な趣味に驚いたものの、今はそれどころではない。十数冊あった小説のどれもがオメガが主人公で、初夜にはアルファの中のアルファといった感じの男――ヴィルフレードみたいな――に処女を捧げていたのだ。ちなみにこの世界では結婚するまで純潔を守るのは当然のことなので、ほぼすべての小説が結婚というハッピーエンドで結ばれている。

「待ってて。今、殿下に確かめてきますわ。どういうつもりなのか」

踵《きびす》を返し今にも部屋から飛び出していきそうなフィオリーナに、レオーネはとっさにしがみついた。

「だ、だめ、駄目……！」

「どうしてですの？」

「だってそんな、恥ずかしいよ……」

フィオリーナのまなじりがきりりと吊り上がる。

「恥ずかしい？　そんなことでお兄さまは二年もの間何も聞かず、ただひたすら手を出されるのを待っていたんですの⁉」

叱りつけられ、レオーネは首を竦める。これではいつもと立場が逆だ。

「だって……」

「だってじゃありません！」

「そ、それに、別に手なんか出されなくてもいいかなって。ヴィルフレードは優しいし、今の生活は充分充実していて楽しいし」

「お兄さまはそうやってすぐ自分を騙《だま》そうとする」

生まれてからこのかたずっと一緒にいる妹の指摘は痛烈だ。でもヴィルフレードを問《と》い質《ただ》すなんてそんな怖いこと、できるわけがなかった。

「……騙してなんかない。僕はヴィルフレードと一緒にいられるだけで幸せなんだ。フィオリーナだって知っているよね？　どれだけ多くの人がヴィルフレードに選ばれたいと望んでいたか」

フィオリーナは顎を引き上目遣いにレオーネを睨みつけた。不満そうに引き結ばれたフィオリーナの艶やかな唇を見つめつつ、レオーネは不安を吐き出す。

「ヴィルフレードは僕を好きだって言ってくれたけど、本当なら僕なんかヴィルフレードと一緒にいられるような存在じゃないんだ。だからヴィルフレードが触れたくないならそれでいい。もし問い質したりして嫌われたらその方が困るし」

「困るって……。殿下のお兄さまに対する気持ちはそんな脆弱《ぜいじゃく》なものではないと思うわ」

「僕もそう思うけれど、もし違ったら厭だから」

前世のことがあるからだろうか。ちょっとしたことでこの幸せは煙のようにかき消えてしまうのではないかという気がしてならない。だからレオーネはどんな危険もおかしたくないのだ。

フィオリーナはしばらくの間空を見据え、何やら考えている風だったけれど、やがてぽんと手を叩いて再起動した。

「わかりました、お兄さま。じゃあ、こうしましょう。リディオとデートするの」

「ええ？」

「わたくしが殿下の反応を見て、何を考えているか判定してさしあげるわ。リディオなら殿下に嫌われる心配はないでしょう？　同じオメガでつがいもいるし――」

「えっ⁉　ちょっ、ちょっと待って。リディオってオメガだったの⁉　初耳なんだけど」

「あら、そうだったかしら。とにかくそういうことだからお兄さまとどうこうなる心配はないし、学院幼年部から卒業するまで共に過ごした仲良しだもの。不満に思う方が狭量だって殿下もわきまえてくださるわ。まあ、それでも嫉妬するのが殿下なのだけど」

「殿下が嫉妬なんかするかなあ」

フィオリーナが沈黙した。

「フィ、フィオリーナ？　何でそんな目で見るの？」

溜息をついたフィオリーナが何事もなかったかのように話を続ける。

「行き先は領都がいいわ。湖に面していて景色がいいし、お父さまが釣りにはまっていた頃建てた別邸もあるもの。疲れたら泊まることもできるし」

外泊。

レオーネはごくりと喉を鳴らした。

「出発は明日の朝食後にしましょう」

「明日⁉　でも、仕事もあるし……」

「お兄さまは領地で一番偉いんだから予定なんかどうにでもできるでしょう？　それにこういうことは思いついたら即実行しないと、お兄さまってばあれこれ理由をつけてうやむやにしかねないし」

さすが妹、レオーネのことをよくわかっている。

「昼食はいつもどうしているのかしら」

「日によって一緒だったり別々だったりするけど……」

「じゃあお兄さま、明日はお仕事が忙しくてお昼はご一緒できないってわたくしから殿下に言っておくわ。そうしたら夕方まで時間が稼げる。すぐ連れ戻されたら嫉妬も何もないものね。リディオにも言っておくから、朝食が終わったらその足で出発できるよう、準備を整えておいてちょうだい」

本当にそんなことをしていいのだろうか。レオーネは汗ばんだ掌を握り込む。

＋　＋　＋

翌朝、ろくに眠れなかったせいで寝坊したレオーネが食堂に行くと、もうヴィルフレードはいなかった。食事が終わるとフィオリーナに背中をぐいぐい押されて屋敷の裏手——勝手口のような場所から外へ出る。待っていた馬車の中にはお金や道中の飲み物、小腹が空いた時用の軽食まで準備万端調えられていた。もちろんリディオも馬車の座席にちょこんと座って待っている。フィオリーナが手を振ると、レオーネが何も言わずとも御者が目的地へと馬車を走らせ始めた。

どきどきする。こんな、つがいを試すようなことをしていいのだろうかと思わなくもないけれど、ヴィルフレードの反応を知りたいという気持ちを抑えられない。

大丈夫だ。僕はただ、二年ぶりに会う友だちを歓待しているだけ。悪いことなんか何もしていない——そう自分に言い聞かせていると、リディオがぼそぼそ礼を言い始めた。

「あの……ありがとう、レオ。忙しいのに領都観光に誘ってくれて。二人で話す場が欲しかったから、嬉しかった。いきなり公爵領まで押しかけてきたりして、ごめんね。迷惑だとは思ったんだけど、他に逃げる場所がなくて……」

「逃げる？　何から？」

ただでさえ丸かったリディオの背がますます丸くなり、顔がカラフルな髪に隠れる。

「——ニンファ、から」

「ニンファ？　何があったの、リディ」

リディオの手が膝小僧を強く握り締めた。

「あっ、あの、僕、オメガだったみたい、で。でも、僕、そんなこと夢にも思っていなかったから、神殿で診てもらおうと思ったこともなくって、ヒートが来るまで気づかなくって」

レオーネは蒼褪めた。ではリディオは無防備にその時を迎えてしまったのだ。この少し変わった友人が前世の創作物でよく見られたような酷い目に遭わされたなんて考えたくないけれど。

「気がついたら、ベッドで。隣に裸のニンファがいて」

「えっ、ニンファ⁉　ニンファって女の子だったよね⁉」

「そうだけど、アルファなら女の子でもその、できるから」

髪の間からちょこんと覗いている耳が赤い。

つまりリディオは――ニンファにいただかれてしまった⁉

僕がニンファを突っぱねたせいだろうか。それでニンファが標的を変えたんだろうか。

「何か……ごめん？」

「ううん。レオーネのせいじゃない……と思う。多分」

ぐすっとリディオの鼻が鳴った。

「ヒートが終われば終わりだって思っていたのに、ニンファ……屋敷に乗り込んできて……どこへ行くにもついてきて……」

「え」

レオーネは羞恥《しゅうち》のあまり馬車の隅に張りつくように小さくなっているリディオをまじまじと見た。

もしかしてと思って髪を除けてうなじを露出させてみたら噛み痕がある。

「ニンファってリディオが好きだったの……?」

リディオがぐすっと鼻を鳴らした。

「わからない。オメガのフェロモンに酔ってるだけかも。今思えば、ヒートの少し前から視界の端をうろうろしていたし」

「でも、もうヒートは終わったんだから、フェロモンは関係ないよね? ……結婚するの?」

リディオがぶるぶるっと身震いした。ようやくレオーネを捉えたラピスラズリの瞳には涙の膜が張っている。

「何を考えているのかさえわからない相手と結婚なんて、無理」

さらさらの髪を掻き毟り苦悩するリディオの心情はレオーネにもよく理解できた。ニンファは一体何を考えているのだろう。

「リディがここに来たのは、ニンファから逃れるためだったんだ」

「うん……ニンファがその、え、えっちなことばかりしようとするから、屋敷から逃げ出したら、たまたまフィーと会って。愚痴を聞いてもらっていたらちょうど公爵領に戻るから一緒に来ないかって誘ってくれて、その足で家出してきたんだ。着の身着のまま。屋敷に戻ったらニンファに勘づかれるってフィーが言うから……本当に迷惑をかけて悪いと思っているんだけど」

妹の有能さにレオーネは感動した。もし王都で会ったのが自分だったらここまで迅速に対処できただろうか。今だって予想を遙かに上回る事態に頭がついていけていないくらいなのに。

「僕たちのことは気にしなくていいけど、魔法師団長が心配していない？」

「それは手紙を出したから大丈夫。父もニンファには困っていたし、理解してくれていると思う」

そう。リディオは独り暮らしをしていたわけではないのである。家族、それも魔法師団長をしている父親もいるのに乗り込むなんて、ニンファは一体どういう神経をしているのだろう。

「僕、自分がオメガだなんて思っていなかったから、オメガのことよく知らないんだ。色々教えてくれると、嬉しい」

ハンカチを取り出して目元を拭くリディオにレオーネは申し訳ないような気分になった。

「僕もオメガについてはよく知らないんだ。まだ、ヒートも来ていないし、気分が暗くなりそうだからヴィルフレードが集めてくれたオメガに関する本も読んでいなくって」

レオーネは何でもまずはやってみる派で、トリセツ《取扱説明書》は困った時にしか開かないタイプだったのだ。

何の役にも立てなかったけれど、リディオはレオーネと話をしたことで気が楽になったようだった。

公爵家の屋敷は領都の一番高い端、湖から一番遠くに位置している。周辺には農地や放牧地が広がり牧歌的な景色が広がるが、流行の商店が建ち並び王都もかくやという賑わいを見せる領都の中心部まで馬車をゆっくり走らせても三十分くらいしかかからない。

最初レオーネは街で一旦降ろしてもらってリディオの身の回りの品を揃えるつもりだったけれど、昨日の体調不良を引きずっていたのか気分が悪くなったのでフィオリーナの言う通り湖畔の別邸へと向かうことにした。ノーチェ公爵領の湖は景勝地として知られており、特に夏には遠く王都からも避暑客がやってくる人気のリゾート地だ。

でもレオーネは折角の景色を楽しむどころか馬車から降りるなり地面に両手を突いてうずくまってしまった。

「だ、大丈夫……？」

「ごめん、いつもは馬車酔いなんてしないんだけど。少し横になったら楽になると思うから、リディは好きに過ごしていてくれる？　湖畔の散策がお勧めだよ。景色がいいから気持ちいいんだ」

実際、公爵家の別邸は湖の向こうに白い雪をいただく連峰が望める殊に景色のいいスポットにあった。水際まで続く緑の絨毯の上には小さな青い花が点々と咲いている。

でも、リディオはレオーネの傍を離れようとしなかった。

「レオが苦しんでいるのに観光なんかできないよ」

と、背中をさすってくれる。友人の優しさを噛み締めながら目の前に聳《そび》え立つ別邸に入ると、レオーネは湖に面した窓辺に据えられた寝椅子に横になった。リディオが壁際に置いてあった椅子を寝椅子の傍に運んでくる。

「悪いんだけど、ちょっと休ませて。吐き気が収まったら、結界を起動するから」

この別邸の地下室には少量の魔力で建物を包み込む結界を張れるよう、魔方陣が刻んであった。建物が小さく護衛を多く置けない——恐らく、くつろいで過ごすためにあえてしている——のをカバーするためのものだ。ただし起動にそれなりの手順を踏む必要がある。今の状況で間違いなくそれをするのは難しい。

「ん。僕はここにいるね。本当にここからの景色は凄く綺麗だ」

御者が外で馬を厩に入れてくれているらしく、嘶きが微かに聞こえた。テラスがそのまま釣り船を出す桟橋になっているので、ぎしぎしと軋むような音が響く。気のせいだろうか。微かに甘いにおいがした。どこかで嗅いだことのあるこのにおいは——何のにおいだったろう。

少しうたた寝し復活するとレオーネは地下に下りて結界を張った。天井近くに明かり取りの窓があるので地下室は充分明るく、洋灯をつけずとも作業することができた。上階に戻ろうと踵を返すと、部屋の入り口で見学していたリディオが、あ、と声を上げる。

「どうしたの」

「ベンチの下に、男がいる」

「ええ?」

前世の都市伝説じゃあるまいしと思って屈んでみたら、本当に壁際に据えられたベンチの下に隠れている男と目が合った。

「嘘」

弾かれたように躯を起こしたところでナイフをつきつけられる。もう一人、別の場所に隠れていたのだ。

「おっと、動くなよ、領主さま」

男は固まったレオーネを抱え込むようにして、首筋のにおいを嗅ぐ。

「新しい領主さまはオメガだって聞いていたが、本当なんだな。いいにおいさせてやがる」

「……は？」

つがいを定めたからといって他のアルファがフェロモンに気づかなくなるわけではない。噛む前を強烈な誘淫剤とするなら噛んだ後は香水程度と格段に威力は落ちるもののやはり魅力的に感じるという。とはいえ理性を奪われることはないのでやりすごすのは簡単なはず、それなのにちょっかいを出しに来たこの男たちはヒートのオメガなら好き勝手できると踏んで来た下衆なのだろう。

――でも、においがする？　オメガの？　リディオのにおいじゃない。それなら自分も気づくはずだ。近づいた覚えもない男たちが嗅ぎつけるほど強いのだから。

いつもはしない馬車酔い。充分休んでもなお熱っぽい躯。昨日からの不調。自分のにおいは自分では気づきにくいという。

もしかして、僕か？　僕にヒートが来た⁉

さっき気がついた甘いにおいがここでもする。思い出した。これはシュグで時々していたにおいだ。嗅ぐたびヴィルフレードがそわそわしていた……。

ナイフを突きつけられたまま後ろ手に縛り上げられ、レオーネは奥歯を噛み締めた。

いつ来るんだろうと思っていたけど――よりによって今来る⁉

男たちの服は古び、汚れていた。街にたむろする荒くれ者といった風体だ。

魔力を練りながら起動したばかりの結界を消そうかどうしようか迷う。このままだとどんな物音も外に届かないし、助けが来ても入れない。

様々に考えを巡らせながら何気なく明かり取りの窓へと目を遣って、レオーネは何かに陽射しが遮られているのに気がついた。逆光のせいで見えづらいけれど、目を懲《こ》らしていると影が動く。

多分、あれは、人だ。二人いる。付近の住民だろうか。いや、平民が領主の持ち家の敷地に入り込んで中を覗いたりするわけない。では、御者が異常に気づいたのだろうか。だとしてももう一人は誰だ？　集中するレオーネの頭の中に声が響いた。

——レオーネ。気づかれる。あまりこちらを見るな。

左の袖口についたカフスが急に熱くなり、レオーネは理解した。ヴィルフレードだ。

学院卒業時にヴィルフレードから年齢的に持っていて不思議ではないものにリメイクしようと言われてこのカフスに魔結晶を嵌め込んだことを、レオーネはすっかり忘れていた。この魔結晶のおかげでヴィルフレードが駆けつけてくれたに違いない。でも、屋敷でレオーネの危機を察知したなら到着まで一時間近くかかったはずだ。なぜ今ここにヴィルフレードがいるのだろう。使用人にリディオと出掛けたことを聞いたのだろうか。

——レオーネ。もっと怖がっているふりをしないと。

ヴィルフレードの声が聞こえるのもきっと魔結晶の力だ。

レオーネは男たちへと注意を戻す。ヴィルフレードは悪漢を油断させたいようだけれど、レオーネの目に彼らはもう怖そうに見えなかった。

——おいっ、何やってんだ、早くこの結界を解いてリディオを助けろよ。

ヴィルフレードの連れの声が聞こえる。口調は乱暴だけれど、高い女性の声だ。ニンファだと気づき、レオーネは息を詰めた。てっきり、使い勝手のいいオモチャ《リディオ》が逃げたことに怒って追ってきたのだと思ったのだけれど、それにしては様子がおかしい。

とにかく情報を共有しようと、レオーネは目を閉じて集中する。するとリディオの髪の毛の一本が誰かに引っ張られたかのように浮き上がってちぎれた。痛っという小さな悲鳴を無視し、髪の毛はレオーネの元へと飛んできて指に絡みつく。髪の毛には持ち主の魔力が宿る。これでリディオにも念話を中継できるようになった。

――くそっ。リディオに一つでも傷をつけたら、あいつらぶっ殺すかんな。いや、むしろ死んだ方がマシだという目に遭わせてやる……っ！

いきなり聞こえてきた声に驚いたのだろう。表情を変えたリディオの顎を、もう一人の男が摑んで仰向かせる。

「うは、やっぱりすげえ美人だ」

「お貴族さまってのは皆こんなに綺麗な膚してんのか？　躯つきも同じ男とは思えねえ。見ろよこの腰の細さを」

涎を垂らさんばかりの声音に、レオーネはぞろりと伸ばした奇態《きたい》な色の髪で顔を半分隠した友人が、実はとんでもなく整った容貌を持っていることを思い出した。領主に文句のある輩か物取りのどちらかだろうと思っていたけれど、この男たちの目的はリディオだったらしい。馬車の中か降りたところで目をつけ、レオーネが寝椅子で休んでいる間に侵入したのだ。

――くそっ、そいつに触るんじゃねー！

ニンファが結界を蹴り破ろうとする。いつの間に仲良くなったのだろうと思ったけれどそうではなかったらしい。ヴィルフレードはニンファに協力するどころか、煽りまくっていた。

――同族嫌悪か？

――ああ⁉

ドスの利いた声にヴィルフレードが喉で笑う。

――おまえもあんなだっただろう？　厭がるソラにつき纏って、隙あらばヤろうとした。

――んなこと今は関係ねえだろ⁉

ニンファが声を限りに怒鳴る声が、頭蓋内に反響する。

そうしている間にリディオも縄で手首を縛られ、床に押し倒された。管理人がちゃんと掃除をしてくれていたので地下室の床には塵一つないけれど、こんな蛮行を許すわけにはいかない。

「リディに触るな！」

声を張り上げると、乱暴に肩を小突かれ、レオーネも尻餅を突く。

「うるせえよ、穢れた黒が」

空色の髪の隙間からリディオの目が覗いた。

――――あ。

浮き足立つ必要はない、大丈夫と言われた気がして、レオーネは瞬く。リディオにはまったく焦った様子がなかった。そのことに気づいたレオーネもすうっと冷静になる。そういえばリディオは魔法師団長の子だった。魔法師団は単なる魔法の研究機関ではない。魔法を使って戦うための組織だ。

男たちが順番の取り合いを始めた。

「俺が先にヤる」

「ふざけんな、こいつを見つけたのは俺だぞ！」

頭の中でもせめぎ合いが始まる。

――関係ない？　本当にそう思っているのか？

――おまえだって前世のことは置いておこうって言ったじゃねえか！

懐かしい記憶がレオーネの脳裏に蘇る。四歳児の頃の話だ。確かにヴィルフレードはそう言った。

あの頃のニンファは愛らしく、断罪するのは忍びないとレオーネも思ったものだ。まさか仮にもヒロインが悪役令嬢のように育つとは思わなかったのだ。

――君は四歳児だったし、まさか今世でもこうだとは思わなかったからね。でも、もう君は四歳児ではない。大人で、己の行いに責任を持つべき年齢だ。

どう頑張っても結界は壊せないとわかったのだろう。ニンファが女性とは思えない口汚さで喚き散らす。

――てめえ、俺に当てつけるためにリディオを見捨てるつもりか⁉

――見捨てる？　そもそも私はレオーネ以外どうでもいいんだ。君にとってソラの幼馴染みだったタカトリなんかどうだってよかったようにね。

聞こえてくるヴィルフレードの声音はあくまで冷酷で、レオーネは心臓に氷を押し当てられたような寒気を覚えた。ニンファも本気だと感じたらしく浮き足立つ。

――おい、やめろ。リディオには何の罪もないだろう⁉

——いや、彼は彼で立派なストーカーだったぞ？　今生では更生したので彼についてはどうこう言うつもりはないが。それに、リディオを彼らから助けて何の意味があるんだ？　君はリディオがヒートに陥ったのをいいことに関係を結び、以後も好き勝手に貪り続けているんだろう？　リディオは君から逃れるためにこんな遠くまで来たと聞いている。君に再び捕まるのも彼らに弄ばれるのも彼にとっては同じこと、いやむしろ、君の元に戻るよりはマシだと思っているかもしれないな。

念話に慣れてきたのか、声だけでなく顎のラインで切り揃えられたふわふわのベビーピンクの髪を掻き毟るニンファの狂態まで見えてきた。

——違う。そんなことない。あいつは俺の運命のつがいなんだ！　俺以外に触れられていいわけない。

レオーネは驚愕し、リディオを見た。リディオもニンファが運命のつがいだとは露ほども思っていなかったらしく、荒くれ男たちの存在を忘れ固まっている。平然としているのはヴィルフレードだけだ。

——運命のつがい？　再会して早々にレオーネのうなじを噛もうとしたのに？

——ガキすぎてわかんなかったんだよ！　あの時は前世の記憶に支配されていたし。でも、大人になってあいつのにおいを嗅いだら——。

——君、そのことをちゃんとリディオに言ったのか？

——はあ？　言う必要ねえだろ。運命のつがいだぞ？　俺にわかったくらいだ。あいつが気づかねーわけねー。

レオーネはリディオが気の毒になった。どうやらニンファはリディオをただ弄んだだけではなかったようだけれど、これは駄目だ。

――なるほど。君は彼に何一つ伝えていないわけだ。彼に対する君の気持ちも。運命も。

ニンファが初めて狼狽えた。自分のしていることが独りよがりだったかもしれないと初めて気がついたのだろう。

――リディオが君につがいにされたと聞いた時は、今度は彼がオモチャに認定されたのか可哀想にと思っていたが、どうやらそうではないようだな。

ヴィルフレードがここぞとばかりに顎を逸らす。

――リディオを助けて欲しければ以後は彼の意思を尊重すると約束しろ。本人の同意のない行為は禁止だ。運命のつがいだと思っているのもちゃんと伝えること。ああ、結婚式もちゃんと挙げろ。当然どんな式にするか、リディオや魔法師団長と相談するんだぞ？

――はあ⁉

――今、魔法契約書を作成するから血を垂らせ。

ヴィルフレードが掌を上向きにすると、中空で魔法契約書が生成され始める。

――ふざけんな！　魔法契約書って、約定を破ろうとすると呪《のろ》いが発動するやつじゃねーか！

誰がそんな契約――。

――君は前世でソラにつき纏わないで欲しいという私のささやかな願いを踏み躙った。なら私も君の大切なものを踏み躙っていいと思わないか？

おかしい。いいことをしているはずなのに、段々ヴィルフレードがニンファ以上の悪役に見えてきた。

見る間に出来上がった紙をひらひらと突きつけられ、ニンファは歯噛みする。

――くそっ。別に全然大切なんかじゃねえけど！　血をやる。だからさっさと結界を解け！

綺麗に磨かれ髪と同じベビーピンクに塗られた爪が、指の腹を裂いて血を滴らせる。ヴィルフレードは目を細めると、差し出された指に契約書を押しつけた。

――いい子だ。レオーネ、いいぞ。

「ん。リディオ、もう我慢しなくていいって」

「は？」

不可解な言葉にニンファが眉を顰めたのと同時に、男たちが見えない拳で殴られたかのように後ろへと吹っ飛んだ。リディオを後ろ手に拘束していた縄が炎を上げる。軽く身を捩って燃え上がる縄を落とすと、リディオはシャツの前を掻き合わせてから、レオーネの拘束を解いた。

魔力量こそレオーネに及ばないが、リディオは天才だ。操る魔法の精度の高さは他の追随《ついずい》を許さず、膚に食い込む縄でさえ火傷せず燃やすことができるのだ。自分の手を燃やしたくなくて躊躇《ちゅうちょ》していたレオーネはありがとうと言おうとして、まじまじとリディオの顔を見つめた。

リディオが耳まで赤くなっていた。

「あれ……？」

結界を解くとヴィルフレードが窓を開く。

ニンファは呆然としていた。

「何だよ今の。おまえ、自力であいつらを撃退できたのかよ。つか、その反応。まさか――」

俯いていたリディオが目を潤ませニンファを見つめる。

「僕が運命のつがいって本当？　サトウって僕のことが好きなの……？」

今度はニンファの顔が赤く染まる番だった。目元を上気させ恥ずかしそうに唇を噛むさまに、レオーネは目を奪われる。この時初めてレオーネはニンファを心から何て可愛いんだろうと思ったのだ。

「ふ……っざけんな……っ、てめーの仕業だなっ」

「女性がそんな言葉遣いをするもんじゃない。そもそも私は君に殺されているんだ。多少の仕返しをする権利はあるはずだ。この程度の可愛い意趣返しで済んだことを逆に感謝して欲しいね」

「ふざけんなっ！　死ねっ！」

ニンファはヴィルフレードを殴ろうとしたものの、拳が途中で止まってしまう。

「何だ、これ」

「ああ。契約の禁止事項に私とレオーネに危害を加えない旨《むね》を書き加えておいた。違反時の罰則についてもだ。急いでいても契約書にはきちんと目を通してから血を注がないと大変なことになるぞ？」

「やりやがったな……っ」

もう一度ヴィルフレードを殴ろうとして阻《はば》まれたニンファは腹立ち紛れにリディオを指さした。

「いいかっ、おまえのことなんか、全然好きなんかじゃねーんだからなッ！　勘違いすんなよッ！」

まるで小学生だ。

言うだけ言ったニンファの姿が窓の向こうに消える。いたたまれなくなったのだろう。

レオーネがにやにやしていると、リディオが壁際に据えられていたベンチの上に飛び乗って狭い明かり取りの窓へと手を伸ばした。

「リディオ？　ニンファを追いかけるの？」

「うん。僕、ニンファと話がしたい」

玄関を回った方が早そうだと思いつつも、レオーネはリディオの尻を押し上げてやった。

ヴィルフレードは動かない。何で手伝ってくれないんだろうと思いつつ二人だけでやり遂げると、リディオはニンファが去った方へと駆けていった。

「とりあえずは、めでたしめでたしって感じかな？」

明かり取りの窓に頬杖を突き、見上げるとヴィルフレードは瞬きする間も惜しいとばかりにレオーネを凝視していた。何だか様子が変だと思ったら、ヴィルフレードがすんと鼻を鳴らした。

「いいにおいがする……」

ただでさえ甘やかな顔立ちが、蜂蜜《はちみつ》のように蕩ける。

あっとレオーネは思った。

そうだ、ヒート。僕に初めてのヒートが来ていたんだった。

アルファはオメガのフェロモンに抗えないらしい。このまま自然に任せればヴィルフレードは抱いてくれるだろう。自分たちは名実ともにつがいになれる！

つがいに……？

顔がかあっと熱くなった。つまりヴィルフレードの前で裸になって、あんなことやそんなことをする？

して欲しいとずっと願っていたものの、それが今日実現するとは思っていなかったレオーネは狼狽えた。

ヒート中のオメガはヒート《発情期》という名の通り子種を搾り取ることしか考えられないケダモノになるという。今はまだ理性を保てているけれど、もし義母の本にあったみたいに、我を忘れてヴィルフレードにむしゃぶりついたり、初めてなのに気持ちいいとか喘ぎまくって自分から足を開いたりしてしまったらどうしよう……！

レオーネは前世においても今世においても誰とも膚を合わせたことがない。想像だけで頭がぱーんと破裂しそうになってしまったレオーネは、床に飛び降り描かれた魔方陣に掌を押しつけて結界を再構築してしまった。

「レオー……」

成功した証拠にヴィルフレードの声が途切れる。口がぱくぱく動いているから何か言っているのだろうけれど、聞こえない。うまくいったのだ。

ほっとしたら膝から力が抜けた。極度の緊張状態にあったせいだろう。今までは熱っぽいで済んでいた躯がむずむずする。酔っ払った時のように視界が狭まり、頭も回らなくなってきた。

――これが、ヒート。

レオーネは何か叫んでいるヴィルフレードに背を向けると、手すりに縋るようにしながら階段を上った。ヴィルフレードには悪いけれど、初体験はちゃんと理性がある時に粛々《しゅくしゅく》と行いたい。寝室に入るとカーテンを引き、ベッドに倒れ込む。

「あっつい……」

ジレを脱ぎ、シャツの胸元を緩める。足の間が妙に湿っている気がして、寝転がったままズボンを引き下ろしてみると、股の辺りが黒ずんでいた。熟れすぎた果物を思わせる芳香が部屋の中に広がる。

恐る恐る下着の中に手を入れてみると、指にねっとりとしたものがついた。

ヒートが始まるとオメガの後孔から愛液が分泌されるのは何かで読んで知っている。これがそうなのだろうか。

「……は……っ」

もう確認したのだから下着から手を抜かなければと頭では思うのに、レオーネはやめるどころか足の間の敏感な部位に指先をぬるりと滑らせる。どうしてだろう、ここを触っていると躯の奥底から何か快いものが滾ってくる。ぬるぬるを塗り広げるようにすると、蕾がひくひくするほど気持ちがいい。

そういえば、レオーネは一人遊びすらしたことがなかった。転生してからしたいと思わなくなっていたのだ。

「あ……」

こんなところを撫でるだけで前まで反応してしまうほど感じてしまうなんておかしいんじゃないかと思いつつ、レオーネはぬちぬちと入り口を弄る。ヴィルフレードが外にいるとわかっているのに、いやらしいことをやめられない。

「は……ん……っ」

甘い痺れが下半身に広がる。躯が興奮しているせいだろうか、愛液が後から後からとろとろと溢れてきて尻を伝った。何かが込み上げてきて、膝できつく手首を挟み込んだレオーネが震えた時だった。視線を感じてふっと目を上げると、寝室の扉が開いていてヴィルフレードに嬌態《きょうたい》を見られていた。

「……え……？」

最初レオーネは夢かなと思った。だってレオーネは結界を再起動した。魔法チートのニンファが早々に破壊を諦めた結界だ。ヴィルフレードが入ってこられるわけない。

——でも——、あつい……。

下着を太腿《ふともも》まで下ろし躯をくの字に曲げているため丸見えになっている秘所に灼けつくような視線を感じ、レオーネは急いで下着を引き上げた。次いでズボンを摑んだところで、躯が男の影に覆われる。

上げかけていたズボンが逆に引き下ろされ、下着ごと足から抜かれた。投げ捨てられたそれらがばさりと床に落ちた音が耳に届いた時にはもう足首を摑まれ、熱く硬いモノが弄っていた場所に押し当てられていて。

「あ、あ、あ――」

入ってくる。中に。ヴィルフレードが。

それは怖くなるくらい大きかったけれど、それだけに進んでくるだけで内壁がごりごり抉《えぐ》られ、レオーネは下肢をわななかせた。悦《よ》かったのだ。凄く。

「ひ……ん……っ」

力一杯ヴィルフレードの服を握り締めて快楽を堪《こら》えようとする。でも、思いきり膝を割り広げられているせいで反応している若茎や愛液を滲ませている蕾がヴィルフレードの目に露わになってしまっていることに気がついてしまったら、全身がかーっと熱くなった。ヴィルフレードの目に自分はどれだけ淫らに映っているんだろう。そう思ったら、熱いものがせり上がってきて……気がついたらレオーネは、精を放ってしまっていた。

「うそ……」

中がひくひくと痙攣《けいれん》し、ヴィルフレードのモノを締めつける。ぴっちりと隙間なく密着しているのだから、ヴィルフレードにもきっとわかってしまっていることだろう。レオーネが感じていることが。

組み敷かれて突っ込まれただけでこんなになってしまうなんて、何て自分の躯はいやらしいんだろう。恥ずかしくて、でもヴィルフレードのモノを呑み込まされている場所は甘く痺れていて、どうしたらいいのかわからなくなってしまったレオーネが目に涙を浮かべると――。

「可愛い」

ずくんと、浅い場所で止まっていたモノが最奥まで突き入れられた。

「……あん……っ」

変な声を出してしまい、思わず口を押さえると、ヴィルフレードの目が細められる。指が食い込むのではないかと思うほど強く膝が摑まれて中に入ったモノがずるずると引き抜かれてゆき……、ああ出ていってしまうと思った瞬間またずんと、はらわたの奥まで犯されて。また軽くイきそうになってしまったレオーネは両手で口元を覆った。

「ひん……！」

中を捏ね回すように腰を使われる。するとそこがじゅわっと蕩けるように熱くなった。

「やだ、やだ。あ――っ……」

我慢しようと思ったのに駄目で、またとろっと精を吐き出してしまう。内心の葛藤《かっとう》はヴィルフレードには見えない。快楽に身悶《みもだ》えし、イッてしまったように見えたのだろう――それもまた全然間違いではないのだけれど――ヴィルフレードの動きから遠慮が消えた。

「レオーネ」

「あ……ひ……っ」

「レオーネ、可愛い。ああ、泣くほど感じているんだね？　壊してしまうんじゃないかと心配していたのに、まさかこんな細腰で私のモノを全部くわえ込んでくれるなんて」

かーっと顔が熱くなる。その通りだけど、認めたくなくてふるふると頭を振ると、ヴィルフレー

ドが眉を上げ、何とも意地悪そうな笑みを浮かべた。

「感じていないの？　本当に？」

腰の動きを止めたヴィルフレードに胸の尖りを摘まれ、躯がびくっと跳ねる。

あれ？　ここ、こんなに敏感だったっけ……？

乳首なんて皮膚の一部くらいにしか思っていなかったのに、ヴィルフレードに、ほらこんなにこりこり凝《こご》っているのにと親指と人差し指で転がされるとじいんと快感が広がった。

「ここもこんなにイきたいって、蜜で濡れている」

おまけにべたべたのてらてらになった若茎を人差し指と中指の間に挟まれてきつめに扱《しご》き上げられ、喉から変な声が出てしまう。

——うそ……ヴィ、ヴィルフレードの指が、僕のを……!?

それから膝裏が押し上げられ、躯を折り曲げられた。そうされるとヴィルフレードを呑み込んだところまで見えてしまい、レオーネは羞恥に目を逸らす。

「ほらここ、わかるかい？　びくびくしている。これって気持ちいいからじゃないのかな？　もしかしてやめて欲しかった？」

ヴィルフレードが腰を浮かせると、ずるりとヴィルフレードのモノが半ばまで抜き出された。

大きいと感じてはいたけれど、本当に大きい。抜き出されると明らかに腹の圧迫感が消えて楽になる。でも、ヴィルフレードの圧と熱を失った奥が淋しい淋しいと疼いて、たまらなくて。

レオーネはヴィルフレードの腕を摑んだ。

「ヴィルフレード……」

口を開きかけ、レオーネは視線を泳がせる。今、自分は何を言おうとしたのだろう。

躊躇うレオーネにヴィルフレードが駄目押しする。

「本当に抜いた方がいい？」

熱の塊《かたまり》が抜き出されそうな気配に、レオーネは泣きそうになった。

「だ、だめ……っ」

「……駄目？　つまり――」

ぐうっと感じやすい粘膜を擦り上げられ、レオーネは喉を震わせた。

「もっとこうして欲しいってこと？」

なけなしの理性を掻き集め、レオーネは否定する。

「んっ、そじゃ……ないっ。そじゃない、けど……っ」

「こんなに感じてますって顔をしているくせに、そうじゃないの？　本当は気持ちいいんだよね？　言ってみて。気持ちいいって」

また動きを止めてしまったヴィルフレードを、レオーネは涙目で見上げた。

「はずかしいからやだ……、あっ」

ヴィルフレードのモノが更に大きくなったような気がして、レオーネは下肢をびくつかせた。

「困ったな。レオーネがあんまり可愛いから、もっともっと恥ずかしいことをしたくなってしまったよ」

「あ……っ、あ……っ」

もう我慢できないとばかりにヴィルフレードがレオーネの腰を掴む。一気に奥まで突き入れられ、レオーネは炸裂《さくれつ》する快感にのたうった。でも、もちろんそれで終わりなんかじゃない。ガツガツと穿《うが》たれて、レオーネは髪を振り乱して身悶える。

きもち、い……っ。きもち、い、よお……っ。

躯がどんどん熱くなっていく。頭の中はもうぐちゃぐちゃだ。

「も、やだ……っ、やだよ、タカトリ……っ」

紅潮した目元からぽろっと涙が零れ落ちると、ヴィルフレードが舌を伸ばして舐め取った。

「ソラは嘘つきだな。君のここはそうは言っていないのに。ほら」

わざとらしく腰を揺らされ、鼻に掛かった声が漏れる。

「い……い……今までっ、触ってもくれなかったくせに……っ。何で……何で、こんな……っ」

わかっている。オメガのフェロモンのせいなのだと。そうレオーネは思ったのだけれども。

「そんなの、レオーネにつらい思いをさせたくなくて我慢していたからに決まっている」

レオーネは、え？　と目を見開いた。

「レオーネ？　オメガでも男性体のここは、ヒートの時以外普通の男性と同じくらい狭いんだって知っているよね？　そんなところにこんなモノをねじ込んだらどうなると思う？　そもそも入るかどうか」

ずぷんと抜き出されたモノを見せつけられ、レオーネはごくりと唾を飲み込む。

「え……っと、でも、前世にはオメガバースなんてなかったけど、アナルセックスしてる人はいた……よね？」

ヴィルフレードが苦笑した。

「レオーネ。君、自分の腰がどれだけ細いかわかっている？　それに私は好きな人を痛い目に遭わせて喜べるサディストじゃないんだ。レオーネに痛いと泣かれるより、気持ちいいとよがり喘ぐ姿が見たい」

「よがり喘ぐって……」

それでさっきから執拗《しつよう》に気持ちいいと言わせようとしたのかと、レオーネは半眼になる。

「オメガはね、ヒートになるとココがアルファのモノを受け入れられるよう開くんだ。濡れるようになって滑りがよくなるし、快楽を拾いやすくなる。そもそもオメガはヒートの時以外、欲情しないって聞いている」

生まれ変わってからこの方、むらむらするという感覚に突き動かされたことがなかったのは、だからか！

「じゃあ……っ、結婚式の夜、指一本触れてくれなかったのは……！」

ヴィルフレードが驚いた顔をした。

「男オメガとつがう場合は、ヒートを待って初夜を迎えるものなんだろう？」

ヴィルフレードはレオーネがオメガだとわかってから文献を漁《あさ》ったり、男性体のオメガを娶《めと》ったアルファを訪ねて話を聞いたりしてきたらしい。一方、レオーネの第二性に対する知識は恋愛小説からのみというお粗末なものだった。しかも登場人物が女性体のオメガでは何の参考にもならない。

でも……でも、何か怖くて、読みたくなかったし……！　僕には前世の知識があったし……‼

自分が悪いことはわかっている。でも、素直に認められない。

「……僕のこと……好きじゃなくなったのかと思った……」

ぐすっと鼻を鳴らすと、ヴィルフレードはあからさまに動揺した。

「そんなことがあるわけないだろう？　前世でも今世でも、私はずっとレオーネだけに恋い焦がれてきたのに」

「なら言ってよ！　前世でも今世でも、ヴィルフレードは言葉が足りなすぎ！」

前世ではそういう意味で好かれているということすら知らなかった。言ってくれれば自分だって
――自分だって？

あれ？　と首を傾げていると、ヴィルフレードに抱き締められる。

「結婚するまで誰かに盗られるんじゃないかと気が気じゃなかったし、結婚してからはすぐ横に寝ているのに手を出せないつらさでおかしくなってしまいそうだったんだよ」

「教えてくれれば、抜いてあげるくらいしたのに」

「抜いてもらうだけで止められるものか。結婚した時にはもう、いつ何がきっかけでレオーネを押し倒してしまうか自分でも心配なくらい色々溜まっていたのに」

レオーネは顔から火を噴きそうになった。

色々と生々しい想像をしてしまったのだ。

「でも、ようやくヒートが来た。もう待つ必要はない」

視界が流れる。レオーネの後頭部に手を添えて横たわらせると、ヴィルフレードは腰の下に枕を押し込んだ。

足を抱え上げられ正面から挿入される。

間近で見つめられ、目がチカチカした。

「や……っ、やだ。見ないで……っ」

拳で顔を隠そうとしたけれど、手首を掴まれ頭の両脇に押さえつけられてしまう。確かにレオーネの顔は綺麗で鑑賞に値すると思うけれど、だからといってえっちの時まで見ていいわけではないのに！

「可愛い……」

「……あっ……」

とろとろになった場所をヴィルフレードのモノで掻き回されると、絶対よがったりするものかという決意にヒビが入り始めた。

「……あっ、あ……！」

「声を我慢しようとしているレオーネも悩ましくて実に滾るけれど……ちょっと体位を変えてみようか」

「!?」

腰を掴まれて躯を持ち上げられ、座ったヴィルフレードに跨がるような体勢を取らされたレオーネはふるふると震えた。

深い。

腰を浮かそうと思って下肢に力を込めようとするけれど、そうするとヴィルフレードを締めつけてもっと気持ちよくなってしまう。

「や……あ……っ」

「いや？　痛いのかな？　それとも苦しい？」

ヴィルフレードが心配そうに頬を撫でる。強烈な快感から逃れられず何も考えられなくなってしまったレオーネは、ぽろぽろ涙を零しながら答えた。

「いた……くないっ、けど……っ。殿下のが、奥に、当たって……っ」

「ここ？　ここに当たるといいのかな？」

いいなんて言っていないと言おうとした時にはヴィルフレードが下から突き上げるように腰を揺すり始めていて、レオーネは斜め後ろに両手を突いた。

「ひあ……っ、やだ、でんか……っ。そこ、やあ……！」

しまったと思ったけれど、体勢を変えようとすればまたヴィルフレードのことを締めつけてしまう。仕方なくレオーネは、いきり立ち漏れ出た蜜でべたべたになったモノもつんと尖った胸もヴィルフレードに晒し、ただ震えた。

「……そろそろ『殿下』じゃなくて名前を呼んで欲しいな」

「な、まえ……？」

「そう、名前。そうだな、ヴィルとか」

「ヴィル……？」

ヴィルフレードがそれはそれは嬉しそうに笑む。

「いいね。レオーネ、ご褒美にここも可愛がってあげようね」

雄々しい肉棒の先端で絶え間なくいい場所を刺激されながら乳首を摘まれて、レオーネはやあと啼いた。

「ヴぃる……ヴぃる、そこ、や……っ」

「いや？　どんな風に厭なんだい？」

レオーネは頬を涙で濡らし喘ぐ。

「じんじん、して……ぼく……ぼく……、あ、うそ。くる……っ」

くんっと爪先を丸めたレオーネの左右の尖りを、ヴィルフレードが優しく、でも容赦なく抓り上げた。

「いいよ。イく時の顔を見せて、レオーネ」

やだ、と思ったけれど、頭の中が真っ白になってしまって。

レオーネは白い蜜を放つ解放感に喉を反らした。

「あ……きもち、い……」

思わずそう呟いたレオーネの唇を、ヴィルフレードの唇が塞ぐ。舌まで差し入れられ、レオーネはヴィルフレードの服を思いきり握り締めた。

射精の余韻に肉筒が収縮し、きゅうきゅうとヴィルフレードを絞り上げる。

ぶるっとヴィルフレードが震えたと思ったら、腹の中が熱くなった。

ヴィルフレードも達したのだ。

「はあ……っ」

躯の芯でマグマが煮え滾っているみたいだった。熱が全然冷めない。

しばらくして呼吸が落ち着いたヴィルフレードがレオーネをシーツの上に横たえ、雄を抜く。

とぷんと多すぎる精が溢れる感覚にレオーネは震え、のろのろと後ろへ手を伸ばした。

「あ……うそ……。こぼれちゃう……ゔぃるのなのに……やだ……」

馬鹿みたいかもしれないけれどヴィルフレードに貰ったものは一滴たりとも零したくなかった。

何が面白いのか、憑かれたような目つきでレオーネの尻を凝視していたヴィルフレードがほっそりとした肢体を抱き寄せる。

「私のが零れるのは厭、か。仕方がない。液体だから、入り口を塞いでいるモノを抜かれれば流れ出てしまう。もちろん抜かないままでいれば、全部レオーネの腹に留まるだろうが」

後で考えれば、最終的には抜くのだし、穴だらけの馬鹿みたいな理論だったけれども、レオーネはぐずぐず鼻を鳴らしながら飛びついた。

「ゔぃる、そうして。ひーとがおわるまで、ここにいて……！」

——そしてレオーネたちは本当に繋がったままヒートが終わるまでの時を過ごした。もちろんずっとヤり続けるなんて無理だ。何度か失神するように寝てしまった時にはきっと抜かれていたのだろうけれど、目が覚めた時にはもうヴィルフレードが中にいたし、レオーネの躯もヴィルフレードの種を欲しがり興奮していた。ヒートのオメガがケダモノになるという話は本当で、後半のレオーネはヴィルフレードが休ませようとするたびに縋りついて、もっとして、きもちいいとよがりまくっていた――らしい。あんまり覚えていないけれど。

ともあれ、濃密な一週間を過ごした結果、レオーネは見事に身籠もり、十月十日後にヴィルフレードそっくりの赤ちゃんを産み落とした。

「……可愛いな」

フィオリーナが言っていた通り、父公爵が領地に飛んできた。赤ちゃんの周りをうろうろし、レオーネが子供だった頃が嘘のような祖父馬鹿《じじ》っぷりを発揮し、何でも買い与えようとする。どうしてと思っていたら、父公爵の方から教えてくれた。レオーネが生まれた頃は義母のヒステリーが酷く、もし父公爵が可愛がったりしたら命を狙いかねない有り様だったのだと。

実は父公爵は元々秘かに母と想い合っていたけれど、先代の浪費が元で義母の実家から援助して貰わないことには立ちいかなくなってしまい仕方なく別れて義母と結婚したのだという。親の言うなりになるなんてと思ったけれど、この世界では親が子の結婚を決めるのが当然、公爵家跡継ぎなら余計勝手はできない。結局義母に子ができず焦れた先代に他の女をあてがわれそうになって、父公爵はようやく好きな女と結ばれたわけだけれど――義母がレオーネを嫌うわけである。レオーネの中にソラの意識が目覚めた十ヶ月の時でも充分酷かったけれど、あれでもピークの時よりは大分マシだったのだという。

赤ちゃんの時のレオーネは父公爵の顔さえ覚えられなかったけれど、レオーネの子は生まれた時から父公爵が傍にいたのでちゃんと顔がわかるし怖がったりしない。今も顔をくしゃくしゃにした父公爵にあやされてご機嫌だ。

扉の向こうから靴音が近づいてきたと思ったら、ヴィルフレードが颯爽と部屋に入ってきた。

「失礼。公、馬が届いています。公の注文だという話ですが」

「おお、来たか。この間出掛けた時にいいのを見つけてな。届けるよう頼んだのだ。おまえの馬だぞ」

そう言って腕の中にいる赤ちゃんの頬をつつく父公爵に、レオーネは呆れる。

「父上、この子が馬に乗れるようになるまで何年かかると思っているんですか？」

「きっとあっという間だ。レオーネもそうだった」

いそいそと届いた馬を見に行く父公爵に変わってヴィルフレードがソファの隣に腰を下ろす。

「公はこちらに来てから何というか、振り切れた感があるな」

「グローリアさまが傍にいないのが大きいのかも」

義母はレオーネから半年ほど遅れて身籠もったフィオリーナの傍にいたいと王都に残っている。

ヴィルフレードがレオーネの腕の中を覗き込むと、赤ちゃんはきらきらと輝く青みがかった銀髪に手を伸ばした。一摑み取ってしげしげと眺めるさまは、珍しい標本を見つけた学者のように真剣だ。ヴィルフレードは愛おしそうに目を細め、赤ちゃんの好きなようにさせてやっている。

ふっと泣きたいような気持ちが込み上げてきて、レオーネは目を瞬かせた。

夢みたいだった。

前世では死んでしまった親友が傍にいる。自分は男なのにこの人に愛され、赤ちゃんまで生《な》している。何て幸せなんだろう。

「レオーネ」

あ、と思った時にはもう唇を塞がれていた。握っていた髪の毛をいきなり引っ張られた赤ちゃんがあーと叫ぶ。

やわらかく動くヴィルフレードの舌がレオーネに知らしめる。ヴィルフレードがどれだけの愛情と情熱をレオーネに抱いているかを。

長いキスが終わりヴィルフレードが顔を上げると、顔を真っ赤に染めたレオーネは手の甲で乱暴に口元を拭った。

「なあに、いきなり」

「不安そうな顔をしていたから」

今度は頬に唇が押し当てられる。レオーネは舌を巻いた。この男はどれだけ鋭いのだろうと。

幸せなのに、レオーネは時々こんなに幸せでいいんだろうか、いつかまたすべて奪われてしまうのではないだろうかと思わずにいられない。どれだけ幸せになってもレオーネの中に焼きつけられた前世の記憶は消えず、発作的に狂おしいほどの不安が突き上げてくる。でも、そのたびにヴィルフレードが水底に沈みそうになるレオーネを引き上げてくれた。

「……ヴィルフレードがいい旦那さますぎるんだけど。こんなにいい男が僕の旦那さまだなんて信じられない」

冗談めかして言うと、ヴィルフレードに手を握られる。

「まだ私の気持ちを疑っているということかな？　それではまたレオーネの好きな場所を数え上げようか？」

「うっ、それは」

「今はもう、レオーネが赤ちゃんを抱く姿を見るだけできゅんとする躯になってしまったからいくらでも上げられるよ？　――っと」

長い髪をくんっと引っ張られ、ヴィルフレードは赤ちゃんへと注意を向けた。

「こら。そんなに乱暴に引っ張ったら痛いだろう？」

髪を放して欲しくて赤ちゃんの拳をほどこうとするヴィルフレードと、何が何でも握っていようとする赤ちゃんが繰り広げる攻防を眺め笑っていると、窓の外から馬車を引く馬の蹄の音が近づいてきた。窓を開いたレオーネは、車回しに停まった馬車から降りてきた人物が誰かわかると苦笑する。

元は自分たちのものだった子供部屋にある人影がレオーネのものだとすぐ気づいたのだろう。大きなお腹を抱えたフィオリーナが手を振った。

「お兄さま！　お母さまがあんまり口うるさいから逃げてきちゃった。リディオもニンファが酷いって言うから連れてきてしまったのだけど、いいかしら」

在りし日を彷彿《ほうふつ》とさせる展開に苦笑しながらレオーネは、王都からやってきた客人たちを迎えるために立ち上がった。庭に抜ける扉を開けると、赤ちゃんを抱いたままヴィルフレードと一緒に、

降り注ぐ陽の光の下へと出ていく。

こんにちは、成瀬《なるせ》かのです。
「竜《りゅう》の子《こ》は婚約破棄《こんやくはき》を回避《かいひ》したい」「王子《おうじ》さまの子《こ》を孕《はら》んでしまったので、嫌《きら》われ者公子《ものこうし》は逃《に》げることにしました」に続き、今回もちっちゃい受の本を出していただきました！
書かせてくださったクロスノベルスさま、最高に可愛くかっこいい挿絵を描いてくださった八千代《やちよ》ハルさま、そして何より、これまでの本を買ってくださった読者さまのおかげです！　ありがとうございますー！

単なるショタでは攻が変態になってしまうので、毎回ちっちゃくても恋されて不自然じゃない設定を捻り出すところからお話作りを始めるのですが、今回は転生。いいのかなと悩みつつも、転生モノのテンプレに則って、転生した理由は不明のままです。テンプレついでに悪役令嬢ものにもしてみました。思うさま書いたお話、楽しんでいただければ幸いです。

成瀬かの

CROSS NOVELSをお買い上げいただきありがとうございます。
この本を読んだご意見・ご感想をお寄せください。

〒110-8625 東京都台東区東上野 2-8-7　笠倉出版社
CROSS NOVELS 編集部
「成瀬かの先生」係／「八千代ハル先生」係

CROSS NOVELS

僕は悪役令嬢の兄でヒロインではないんですが⁉

著者
成瀬かの

2024年2月23日　初版発行　検印廃止

発行者　笠倉伸夫
発行所　株式会社　笠倉出版社
〒110-8625　東京都台東区東上野 2-8-7　笠倉ビル
［営業］TEL　0120-984-164
FAX 03-4355-1109
［編集］TEL　03-4355-1103
FAX 03-5846-3493
https://www.kasakura.co.jp/
振替口座　00130-9-75686
印刷　株式会社　光邦
装丁　コガモデザイン
ISBN 978-4-7730-6394-3
Printed in Japan